中国乡存丛书

老家什

黄孝纪——著

广西人民出版社

序：

岁月铭记的老家什

◎ 黄孝纪

002

在传统农耕时代，世世代代的农人为了生产和生活，创造了许许多多的日用器具。这些器具，大多是手工制作而成，尽管简单粗糙，却是一方乡土的宝贵财富，是农人无比珍惜的家什。

由于自然条件的不同，各地乡民的生产生活方式多有差异，亦因此，不同地区的乡人，所使用的家什也各有特点，地理空间相隔越远，差异性就越大。我的故乡八公分村，位于湘南山区偏僻一隅，数百年来，祖祖辈辈耕种于斯，生息于斯。直到我的童年和少年时代，这里的人们依然是过着日出而作、日落而息的农耕生活。青砖黑瓦的老宅子里，那些日常使用的老家什，不无与这方土地相契合。

对于农人来说，耕种无疑是最重要的事情。

那时的故乡，以种植水稻为主，春种一季早稻，盛夏早稻收割后，再种一季晚稻。作为耕田的一件辅助农具，锄头无疑是十分重要的。这种轻巧的长柄板锄，面宽而薄，适合挖水田（俗称锄田）。在生产队时期，尽管耕田主要依靠牛和犁，但一些深水烂泥田、肥沃的秧塘，还是靠人力锄田。尤其是分田到户后的那些年，许多人家没有耕牛，为了不误农时，节省开支，就常使用锄头来翻挖水田。在耕田和挖田之时，村人往往还要用到四齿锄，挖了田泥，沿着四周的田埂再筑一道新田埂，叫作绑田埂。新田埂比旧田埂略低，以后硬化了，可种上一圈芋头、黄豆、绿豆之类的作物，是当时故乡一带常见的田间套种方式。稻秧插下田后，禾苗分蘖发育，一日日茁壮成长。此时，各种虫害也随之滋生。在农药化肥尚不普及的年代，点诱蛾灯灭杀蛾子和稻飞虱，曾是保农田丰收的重要手段。待到稻浪金黄，村前广阔的稻田里，到处是开镰割禾的劳动场面。

除了水稻，那时的旱土作物也不少。只是旱土板结坚硬，需要使用三齿锄才能翻垦。翻垦过的园土，土质松散，村人再使用镰刮、二齿锄之类的农具，开土沟，打土坑，点种应时作物。如此，一年四季，村庄的园土里，小麦、高粱、花生、红薯以及各种各样的蔬菜，人们随着季节的更替而轮作。这些园土作物，既供给了人吃的粮食和蔬菜，又为养猪提供了菜叶和红薯藤之类的青饲料。

故乡周边的山岭，则以种植油茶为主。油茶山林需要精心管护，首要的无疑是将山岭垦活。当村中农人，日复一日，用镢头、镰刮一寸一寸挖垦山土，用勾刀、柴刀砍去野树荆棘，不仅需要极大的体力，更需要持久的耐心。正是他们辛勤的劳作和汗水，才有了曾经硕果累累、油茶飘香的好年景。

004

靠耕种而食的故乡农人，一日三餐也很简单。煮饭用鼎罐，烧水炒菜用铁锅，泡茶用铜茶壶，酿酒则是用自家酒缸酿制糯米酒，或者用过缸蒸馏红薯烧酒。故乡人家的灶屋，称得上是最重要的日常起居场所，一日三餐，待人接客，都是在这里。一直以来，灶台以烧柴火为主，只有在临近过年的少数日子，才会烧炭。因此，每日早中晚煮饭炒菜的时候，袅袅的炊烟从家家户户的瓦屋上升起，在村庄的上空渐渐连成蓝蓝的一片。柴火每天要烧，捡柴也就成了日常。在童年和少年时代，我的一项重要事务，就是上山捡柴，或者带上柴镰，到荒山野岭砍割野树和荆棘。

故乡的灶屋，容纳着众多的老家什。围绕方正的大砖灶，除了两条宽板长凳之外，还有灶桌、碗柜、接手板、水缸等大件什物。至于火钳、菜刀、盾刀、油糍粑灯盏，乃至碗筷钵子、油盐罐、砂罐、汤罐、腌菜瓮，诸如此类，就更多。让本就局促的灶屋，显得愈发逼仄。不过，因为有父母亲在，有那一灶红红的柴火在，有那些粗茶淡饭的香气在，这烟熏火燎的小小灶屋，曾是让我身心最温暖的地方。

那时的农人，穿戴也简朴。无论天晴下雨，都要外出干农活。下雨的日子，大人和孩子都是戴一顶斗篷（方言，斗笠），因此，每户人家的新斗篷和旧斗篷往往会有好几顶。蓑衣则不然，一般都是成年人才有。春耕春插的日子，头戴斗篷、身披蓑衣、脚穿草鞋的农人，风里来，雨里去，是那个时代故乡原野的经典剪影。到了盛夏，天气晴热，一顶草帽戴在头上，割麦锄豆，薅田杀禾，就能抵挡火辣辣的阳光。

至于衣着，限于当时的物质条件，人们日常所穿，普遍都是粗布旧裳。旧的衣物往往也是补了又补，补丁叠补丁，正所谓“新三年，旧三年，缝缝补补又三年”。缝补自然是妇女的日常家务，遇着闲暇，拿出搓线瓦，搓一些苎麻线，戴上顶针，缝补一家人的旧衣裳，缝补一个个简简单单的乡村日子。

日落而息，是故乡农人长久以来的生活习惯。当夜晚来临，劳累了一天的人们回到家，瓦屋里又充盈着家的温馨。在一盏昏黄的煤油灯下，或者一盏明亮的电灯下，一家人围坐在一起，说些闲天，此时，柴火在灶膛里呼呼燃烧，母亲在做饭做菜，父亲拿出烟筒，惬意地吸着他的土烟。天寒的日子，柴火温暖，宽板长凳上垫了秆筒，屋子里暖意融融。若是夏秋，一家人在晚饭之后，会拿着蒲扇，搬出长凳，坐在屋旁的石板巷子里乘凉，往往要夜深了，才上床歇息。

那时，乡村平日里也没有什么娱乐活动，偶尔的日子，村里会请来打渔鼓的盲人老曾，打几夜渔鼓，人们在饭后的月色之下，听他声情并茂说唱动人的故事。或者遇着邻村放露天电影，村中的许多男女老少，就会提着灯盏，或举着火把，或打着手电，沿着曲折的田间小路，络绎去观看。

乡村生活的林林总总，需要用到的家什用具多种多样，十分繁杂。有的是家家户户每天都要用到的，诸如打扫房屋的高粱扫帚，担水挑箩的棕绳，门上的挂锁；有的只在特定的日子才使用，诸如打纸钱的钱凿，祭祀时的神灯；有的则只有专门的人员会用到，比如猎户的鸟铳，生产队队长喊开工的铁哨子，吹号人的铜喇叭……

村庄是由许多个家庭组成的集体，很多东西都带有公益性。故乡的江上，有两座石桥，一座是平桥，另一座是拱桥，一直以来是村人进出村庄的必经之地。江上的石砌水坝，将江水拦截抬升，通过一条条长长的水圳，将江水引入稻田，保证了灌溉用水的无虞。村旁山路边的凉亭，是过往行人遮风躲雨、临时歇脚的地方。村庄的朝门和宗祠，更是村人举行重大活动的场所，村中但凡有老人去世，必定从朝门出殡，在宗祠里办酒席。至于村前的老井，捣糍粑的石臼，捣米粉的脚碓，做豆腐的石磨，无不与每一户家庭息息相关。

世易时移，几十年一晃而过，曾经百业兴旺的农耕乡村，连同那些老家什，已然落伍，已成过往。当我将故乡那些旧日的老家什分门别类，拟出一个清单，我发现，数量竟是如此之多！

我常想，我有义务将那些已逝的和即将消逝的老家什，及其背后的农耕生活，一一写出来。不为别的，只为保留一份对故乡的记忆，只为我那微不足道的个人的心安。何况我那青砖黑瓦的偌大村庄，在早些年高速铁路修建中已被夷为平地，只剩下八九幢残破不堪的空荡旧屋，像几个孤独的落寞者，随时都会坍塌消亡。我不把它们写出来，恐怕若干年后，连一丝踪影也没有了。

我们的时代，正处于高速飞奔的工业化发展中，城市生活所及的种种家什，差不多都是批量生产的工业品。“任是深山更深处”的偏远乡村，也同样不可避免。那些散发着体温的粗糙的老家什，正一件件消失在无可挽留的时光里。

当有一天，在经意或不经意间，你看到了这本书，不妨坐下来，翻开，读下去。它会温和地向你讲述一件件老家什背后的旧时生活片段，纯朴而温暖。

作为一个漫长时代的见证，作为传统农耕生产生活不可或缺的必需品，那些粗糙的老家什值得被岁月铭记！

2022年7月25日，写于永兴便江之滨

目　录

第一辑　劳作篇

002　锄　头　挖溅一身田泥水

005　斗　篷　头顶一片风雨

009　蓑　衣　披挂背后的雨蝴蝶

012　四齿锄　筑起一圈新田埂

015　诱蛾灯　守护禾苗的明灯

018　草　帽　挡住一圈炎炎烈日

021　禾　镰　收割金黄的稻田

024　镬　头　掘进泥土的深处

028　镰　刮　垦活一片油茶山

031　斧　头　劈柴砍树好利器

035　菜　镰　割一篮鲜嫩的猪草

039　磨刀石　磨砺光亮的刀口

第二辑　炊饮篇

044　铁　锅　炒一道简朴的农家菜
049　铜茶壶　饮茶嚼物，其乐融融
053　火　钳　在灶火里灵巧如手
057　撑　架　灶的支撑，家的象征
061　盾　刀　剁碎一盆红辣椒
065　油糍粑灯盏　炸出香脆的油糍粑
069　砂　罐　熬一罐苦涩的汤药
072　汤　罐　好一罐鲜香的猪肉汤
076　油盐罐　也曾缺油少盐时
080　水　缸　盛满清冽的井水
084　过　缸　出一线清亮的红薯酒
088　腌菜瓮　酸酸咸咸家味道

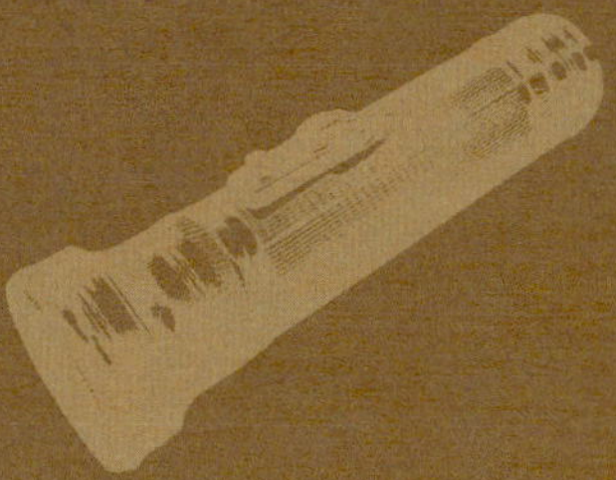

第三辑　起居篇

094　扫　帚　家里家外洒扫干净

098　搪瓷杯　喝茶温酒也装菜

102　草　席　新新的席子淡淡的香

105　秆　铺　稻草编织好床垫

108　蒲　扇　母亲扇来凉爽的风

112　瓜　勺　锯成两半的老葫芦

115　搓线瓦　搓一根细细的苎麻线

118　顶　针　缝缝补补的乡村日子

122　煤油灯　昏黄的油灯暖暖的家

126　烟　筒　父亲的惬意时光

130　草　鞋　简朴的鞋子好走路

133　挂　锁　守护简朴的老瓦屋

136　火　把　黑夜里游动的火光

140　手　电　手握一束雪亮的光

第四辑　村俗篇

146　银　器　乡村人家的奢侈品

149　红绳兜　四月初八兜红蛋

152　滚铁环　叮叮当当的童年

155　滚珠车　禾场上的车轮呼啸

158　铁管枪　声音响亮，硝烟微香

161　渔　网　江上春洪捞鱼虾

165　鸟　铳　乡村猎户的老标配

169　棕　绳　长短粗细，各尽其用

172　喇　叭　吹出多少儿女泪

175　神　灯　缅怀神台上的先人

179　钱　凿　凿一份虔诚和敬畏

182　宗　祠　乡人的来源与归处

第五辑　公用篇

188　石　桥　小桥流水是家乡

193　江　坝　拦一江清水好灌溉

197　凉　亭　路上行人歇脚处

202　石板路　青砖黑瓦石板巷

207　水　圳　将清冽的江水引入田野

211　老　井　柏树掩映的一口甘泉

215　瓦　管　在地底深处输送泉流

219　朝　门　一个村庄的志向

223　糍粑臼　八月十五捣糍粑

227　脚　碓　佳节来临捣粉忙

231　石　磨　推一锅豆腐好过年

第一辑

劳作篇

002

锄头

挖溅一身田泥水

“锄禾日当午，汗滴禾下土。谁知盘中餐，粒粒皆辛苦。”

这首耳熟能详的诗歌，开头一字，就是一件寻常的农具。我的故乡八公分村，地处湘南山区偏僻一隅，数百年来，村人都是以栽种水稻为生。生于斯，长于斯，我对农具自然十分熟悉。照我的理解，这首《悯农》的诗中所说的锄，应该是板锄。

在八公分村，每户人家必定有一个墙角落用来堆放日常使用的农具，主要是板锄和齿锄。板锄有锄头、镰刮、镬头诸种，齿锄则包括四齿锄、三齿锄、二齿锄。这种统称锄的农具，一律带着长木柄，仿佛一堆倒立的“7”字，紧紧挤在一起。头部的铁器，多沾满黄色的泥土，或宽，或仄，或尖锐，刃口处闪着锃亮的金属光芒。这之中，锄头比较特别，它的刃面最宽，也最薄，因而轻巧。相比其他伙伴，它并不适于挖掘硬质土壤，主要用于锄水田。

故乡传统的耕种方式，早稻和晚稻插秧之前，水田得犁耙一遍。在生产队时期，耕牛归集体所有，有专人牧放，专人犁田和耙田。分田到户后，情况大不一样，耕牛成了私人财产，村中只有为数不多的人家养了耕牛。在犁田的农忙时节，耕牛成了香饽饽。那段时间，养牛的农夫每天扛着犁耙，驱赶耕牛，到事先预约好的人家的水田里忙碌，从天光干到天黑，一日三餐享受雇主的好酒好饭招待，按田亩面积收取工钱。以后犁田费逐年看涨，对于没有耕牛的家庭，是一笔不小的开支。

曾有多年，我家的几块水田分得十分零散，有的甚至相隔着一两里路。大小也悬殊，有的是整丘水田，有的则是由多户人家分隔而成的长条状。为省钱，我家很少请人犁田，而是跟村里许多家庭一样，宁愿自己苦点累点，一家人拿锄头挖水田，俗称锄田。

在盛夏烈日的双抢时节，锄田尤其辛苦。那时我还年少，每次母亲叫我一同去锄田，我就面有难色，却又无法拒绝，只得扛了锄头跟着去。刚割了禾的稻田，密密麻麻全是水稻蔸脑，两三寸高，田里零星散布着一堆堆打稻谷时扔下的稻草，此时，田里已经蓄了水。一家人卷着裤腿，下到水田里依次排开，每人掌管着一锄所及的扇面宽度，挥着锄头锄田。

锄田是一件力气活，一锄挖下去，曲臂一拖，要把禾蔸连同一锄泥巴翻卷过来，将禾蔸埋在泥底下。这样的动作要反复连续不断地进行，才能提高锄田的速度。我那时握锄不得要领，一阵锄下来，不但满脸满身泥水，一双手掌的指关节处也磨出了大水泡。水泡磨破了，沾了泥水，痛得钻心。我锄田自然是一家人当中最慢的，往往他们已经锄好了一大片，我还远远地落在后面。偶尔，一锄挖下去，一条乌黑的大泥鳅被挖了出来，旋即拍打着泥水逃走了，会引发我一阵兴奋叫喊。锄久了，每个人都腰酸背痛，口干舌燥，脸上、身上，已经被汗水和泥水泡得透湿。而且，水田里无处不在的稻飞虱和别的小飞虫，叮得人奇痒难受。有时，我就倚着锄头柄站一站，搔搔痒，又继续埋头挥锄；有时，我真想一屁股坐在水田里歇一歇，或者冲进水圳里泡一泡才好。

一块水田锄好了，我如释重负。上了田埂，我们走到附近的水圳边洗脸，洗去满手满脚的泥巴，也将锄头擦洗干净。那时故乡的田野和江岸多泉水，到泉边捧了水喝，或跪于泉边一番牛饮，顿时感到通体舒畅，疲乏全消。

我重新扛上锄头，跟随父母和姐姐，或者回家吃饭，或者走向另一块待锄的水田。

005

斗篷

头顶一片风雨

每次读到张志和的那首小词《渔歌子》:“西塞山前白鹭飞,桃花流水鳜鱼肥。青箬笠,绿蓑衣,斜风细雨不须归。”眼前就会清晰浮现一个风雨中头戴斗笠的渔夫形象。这渔夫,其身份自然就是农民。他的那顶青箬笠,其形制,千百年来由一代又一代的农民因袭了下来,直到二三十年前我的青少年时期。

在八公分村,这件雨天必备的竹器我们叫作斗篷,厚实的大圆盘中央,凸出一个圆锥的尖顶,它由两层篾片交叉织成,中间夹一层箬竹叶，也就是我们俗称的粽叶，或者夹一层笋壳叶，宛如一个大蘑菇。那个时候，我们村里没有高大的南竹林，自然也就没有专业制作斗篷的篾匠。但低矮成丛的箬竹是有的，村庄的后龙山和村北的枞山尤多。在溪沟边，在密集乔木下的阴湿处，箬竹长得密密匝匝，叶片宽过手掌，深绿发亮。这寻常的叶片，一年中我们只在端午包粽子时挑宽大的摘了来，其余的日子无人问津。村人买新斗篷，或是赶村东十里的黄泥圩，或者是赶村南七里的东城圩。一年里，也不时有挑了一担新斗篷的行商来村里叫卖。

每户人家的墙钉上，都会挂着四五顶斗篷，多数已经陈旧发黑，有的甚至烂掉了边缘。落雨的日子，无论大人还是孩子，每有外出，比如喂猪、上茅厕、挑水、串门、上学，都是顺手拿一顶旧斗篷戴头上。斗篷下的圆口处，往往穿了一根细绳子，已被汗渍和雨水浸泡得发黑，在下巴下面系一个结，能防止被大风刮落。

春插的时候，正是雨季，春雨哗哗地下，但水田里的农事可耽误不得。犁田耙田的老农，头戴斗篷，身披蓑衣，卷着裤腿，赤着双脚，扶着犁耙，挥着竹竿，扯着嗓子，驱着水牛，在雨幕里缓缓前行。扯秧往往是全家齐上阵，七八岁的孩子，也是半个小劳动力，一律头戴斗篷，背上或披一件蓑衣，或绑一块长薄膜雨布，弓着腰，在水田里哗哗地扯秧、洗秧、扎秧，泥水溅满了身前的衣裤和脸面。一厢厢的绿秧渐次扯光了，一扎扎的秧苗被从秧田里提到田埂上，装进竹筛子，挑往待插的水田，抛秧、插秧。这是一件十分辛苦的农活，尽管戴着

007

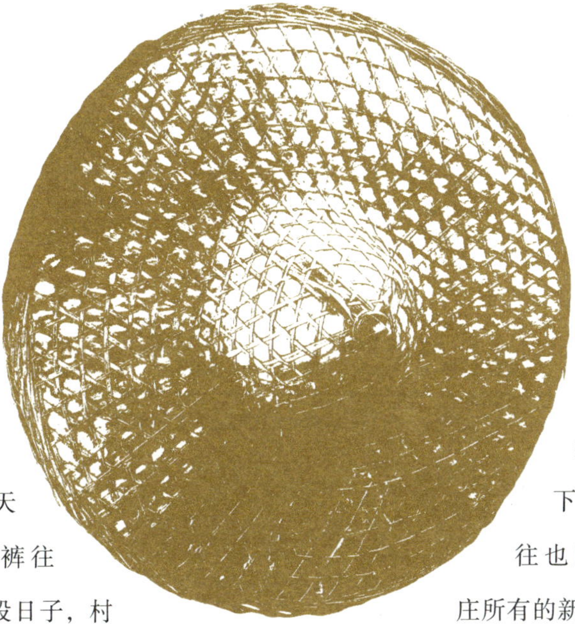

斗篷，披着蓑衣，一天下来，身上的衣裤往往也已经湿透。这段日子，村庄所有的新旧斗篷全都倾巢而出，在风雨里行走。

相比而言，村前江上洪水泛滥的日子，于我倒是充满了喜悦和艳羡。那一两天里，大雨哗哗，黄汤漫漫，沿江两岸，往来着赤脚的成人或少年，他们头戴斗篷，腰绑鱼篓，身披蓑衣，背一根长篙捞网，不时在岸边停住，双手握着长篙，伸进河水里捞鱼虾泥鳅。童年时，母亲担心我的安全，总是不肯为我买一张这样的捞网。不曾想，我中专毕业后参加工作，一度因为失业在家，恰逢春洪漫漶，而成了一个戴斗篷、披蓑衣、背捞网的渔夫。这差不多也是我与斗篷肌肤相亲的最后记忆。

008

盛夏烈日，村人也有戴斗篷的，想必或是家中草帽不够，或者是没有草帽。比如扯花生的日子，太阳毒辣如火，头皮晒得发麻，偶尔也能看见大人或孩子，在花生土里，或者回家的路上，不合时宜地戴着笨重的斗篷。

斗篷用久了，陈旧发黑，硬脆破烂，拆散了，是一扎引火的好燃料。

村人嘴边常挂着一句俗语："斗篷底下藏君子。"既是励人，也是赞物。

009

蓑衣

披挂背后的雨蝴蝶

武侠电影里，常有这样的镜头：远远地，一个大侠从风雨中走来了，他在急急地赶路，脸色冷峻，目光犀利，手握一柄长剑，头戴一顶破斗篷，身披一袭旧蓑衣。不知导演为何钟爱给侠客们这副典型的农民打扮，莫非是因为侠义之士大多来自社会最底层的民间，来自农民当中吗？

母亲在世的时候，曾经多次给我们讲过，她结婚的那年冬天，还是靠着一件旧蓑衣熬过来的。父母小时候都是苦命的孩子。父亲是遗腹子，少年时我的奶奶又去世了，从此与他的长兄相依为命。父亲没有上过学，从小就给别人家放牛，青年时，他以三担茶油的身价顶替村里的一个富人去当兵抗日。那时他的长兄也在当兵，这三担茶油就用来扶养在家中的嫂子。几年后当兵回来，父亲一直在村里村外做短工、长工，直到36岁才经媒人说合，娶了我的母亲。母亲比父亲小18岁，她2岁丧母，是在继母的打骂中长大的。他们结婚的时候，正是湖南解放前夕，一贫如洗，连床板都是借了别人家的。隆冬的夜晚，盖一床旧单被，母亲冻得牙关咯咯响，父亲从村里做长工的人家借了一件旧蓑衣来盖上。

我有记忆的时候，我家青砖黑瓦的旧屋，楼上与邻居家隔着一堵乌黑的木板墙，上面挂着几件旧蓑衣，毛茸茸的，像一只只巨大的蝙蝠，我很少去触碰它们，扎手。下大雨的日子，父亲上楼取一件旧蓑衣披在身上，戴上一顶旧斗篷，卷着裤腿，赤着双脚，肩荷一把铁锄，走出了厅屋大门。父亲一向有修路架桥做好事的习惯，每逢大雨，必定外出，在村庄附近的小桥小路巡查，疏通水沟，把垮塌的地方整修一番。据说当年“四清”的时候，父亲是生产队保管员，有人想整他，但查不出他的经济问题，就向工作队举报他，说他修路架桥是为了积阴功生儿子。工作队不但没有批评父亲，反而表扬了他，倒是把举报人狠狠数落了一顿。

按照字面的本义理解，蓑衣是由蓑草编织的雨具。不过我从未听说过村里有什么蓑草，我所见的蓑衣都是由棕树的黄棕编织而成的。

小时候有一年冬闲，我家所居住的大厅屋来了一个织蓑衣的手艺人，挑了一担新棕。村里不少人家都来这里定做新蓑衣，我家也织了一件。手艺人在厅屋中央摆了八仙桌，把一块块新棕铺展在桌面上，他手里拿着一根比筷子还长的大针，针鼻子穿着细长的棕绳，密密麻麻地在棕片上穿针引线。新蓑衣织成，棕黄棕黄的，背脊光滑，针线密实，棕毛向两侧和下摆自然伸展。父亲披在身上，后背就像落了一只金色的大蝴蝶，他笑呵呵地乐开了花。

童年里，我对蓑衣没有太多的在意。倒是对棕树上的棕叶更感兴趣，它可用来做打陀螺的棕鞭。可是，我们村庄少有棕树，二里地远的小村朽木溪，村后倒有一大片棕树林。棕树干乌黑乌黑，像一根根或高或矮的粗大螺丝杆子，树顶长着碧绿的棕叶，如同巨大的手掌，叶柄丛生的地方，裹着一圈圈褴褛衣衫般的棕毛。我们经常成群结队偷偷来这里摘棕叶，为此常被追骂。

当我披上父母和姐姐们披过的厚重的蓑衣，戴着斗篷，在雨天里跟随他们下田扯秧插田干农活时，已是半大的少年。我们像背负甲壳的甲虫，弓腰曲背，在水田里缓缓移动。脚下是泥水，背上是雨水，于腰腿酸痛之中，我渐渐感觉到了生活的重量。

012

四齿锄

筑起一圈新田埂

四齿锄，其形状与猪八戒的五齿钉耙颇相似。在八公分村，它有一个专用名称，叫作田埂搭锄。不同于修长锐利的三齿锄，四齿锄的四个铁齿扁平，宛如猪肋。

田埂搭锄，顾名思义，它的用武之地，主要是水田，以及与之相关的事情。

早晚两季水稻插秧犁田之前，村人要往水田里挑送有机肥，主要是猪栏里长年累月不断添加、浸泡了猪尿和猪粪的黑臭的稻草，状如

淤泥，我们叫猪栏淤。把猪赶到猪栏一角，将臭烘烘的猪栏淤扒拉出来，就叫出猪栏淤。年少时，我曾多次与家人一道出猪栏淤、挑猪栏淤，那滋味可不太好受。

出猪栏淤需用田埂搭锄，其面宽，齿多而短，比较轻巧，是再适合不过的农具。出猪栏淤时，并不穿鞋，就卷了裤腿赤脚踩在乌黑的粪水里，更谈不上戴什么口罩之类。猪栏里飞虫无数，对人又叮又咬，臭气熏天，起初进去肯定不适，久了就习惯了。出猪栏淤从猪栏门边开始，由外向里依次推进。浸泡了粪水的稻草粘连着，又黑又脏又沉，用田埂搭锄挖一锄，要用很大的力气才能从牵牵扯扯中分离开，拖出猪栏门外来。拖出来的猪栏淤，我们有时是堆一个方形的大堆子，日后用时再挑送到水田里；有时就是直接装进箩子里，挑到田里去。

那几天，家家户户如此，整个村庄都是臭烘烘的，石板巷子到处都是掉落的乌黑猪粪、稻草、脏水。个个成了臭人，衣服、手脚，甚至脸面，污迹斑驳。

犁田或者挖田之时，将杂草丛生的田埂用镰刮刨修一番，就如同给一个胡子拉碴的人修了脸面，整洁、清爽。之后，一家的户主，主要是成年男子，手拿一把田埂搭锄，挖了一锄锄的大泥巴，沿着四周田埂再造一圈尺许宽、高出水面、比原有田埂略低的新田埂，村人叫绑田埂。为让绑田埂结实，每挖一锄泥贴于旧田埂上，要顺手用锄齿拍打整理一番。一圈绑田埂成形，上面满是锄齿斜斜密密的齿痕。绑田埂硬化后，在其面上每隔尺许间距就挖上一个小洞，种上芋头，或者黄豆、绿豆，有的人家用来种辣椒、种茄子。等到这些稻田边的菜蔬花叶招展之时，便成了乡村一景。

晚稻收割之后，田水早已放干。放眼所见，广阔的田野，到处晾晒着扎成圆锥状的干稻草，密密麻麻，如同排兵布阵。那段日子，秋高气爽，太阳高照，田埂上，水圳边，江岸，溪旁，黄色的野菊花恣意盛开。干透的稻草，村人收了挑回家，或放在猪栏楼上，或放在专门的杂屋，也有的人家在屋旁的大树干上结一个圆圆鼓鼓的大草垛，像一个巨大的枯黄色的马蜂窝。

那时候，村人的睡床，垫的是稻草或者用稻草编织成的秆铺。重新更换的时候，就从猪栏楼上或杂屋里抱几捆干稻草来。把地扫干净了，稻草丢在地上，一人站着踩住一扎稻草的头，另一人拿一把田埂搭锄，跨开腿，曲着背，沿着稻草自上而下梳理乱叶，而后双手收拢稻草乱叶，用力拔下。这样处理过的干稻草，色泽金黄，清清爽爽，垫在床上，睡着舒坦，闻着有一股阳光、草叶和泥土混合的芳香。

015

诱蛾灯

守护禾苗的明灯

早稻插下之后，村前广阔的水田一片新绿。这浅淡的绿色，沿着两岸苍翠的江树蜿蜒着，伸向前方，穿过目力所及的村村落落，融进远处模糊的山谷。

天气日趋暖和，晴雨交替，稻秧分蘖拔节，迅速地生长。田野里，到处都能听见此起彼伏的蛙鸣，急促又响亮。这个时候，只要稍作留意，就能发现，在稻秧的根部，粘连着一片片乳胶状的漂浮物，里面是数不清的小黑点。这是各种各样的青蛙，相互追逐后，产下的受精卵。用不了多久，稻行间的水面上，无处不是圆肚子长尾巴的黑色蝌蚪在游动，成群结队，络绎不绝。

蝌蚪由筷子头大长成了拇指肚粗，渐渐演变成了带尾巴的小蛙。小蛙尾巴越长越短，以至于无。青草丛生的田埂上，人的脚步过处，无数的小蛙雨点般弹出来，纷纷直往稻田稻叶里蹦。与青蛙一同繁衍成长的，是它那繁殖力强大数量无穷的天敌——稻叶间成群结队起起落落的飞蛾、蚊子和稻飞虱。

那时我正上小学，生产队尚未解体。我们每天去邻村的羊乌学校，都要途经两村间连片的稻田。在禾苗尚未抽穗的很长一段时间里，稻田里那一盏盏诱蛾灯，常常吸引着我们的目光。

诱蛾灯的形状大致相同。由三根木桩交叉插成上下对称的三角灯架，拦腰绑扎。架上放一个大木盆或洗脸盆，盆里装了水，水上漂着煤油花。一个用空罐头瓶子和铁丝做成的煤油灯，悬挂在盆中央上方的木棍上。这些诱蛾灯，多是布置在田埂边，每隔几丈远设一盏。大丘的稻田，沿着周边往往有好几盏，有的甚至在田中央。整片稻田望去，绿油油的禾苗上面，是数不胜数的木桩灯架，宛如一尊尊守护神。

早晨路过田埂边的诱蛾灯，我们常会探过头去看看。罐头瓶里的煤油已经燃尽，里面凹形的铁丝挂钩中间，拖着一截乌黑的灯芯。盆里的水，油污斑斑，漂浮着无数死去的飞蛾及种种飞虫的死尸，层层叠叠，千姿百态。

印象中，每户人家都有任务，搭建灯架，并负责包点两三盏诱蛾灯。煤油，则由生产队统一供应。每天傍晚，收工回家的村人，匆匆提了空煤油瓶子，来到生产队队部，由专职的保管员分配定量的煤油。然后，各人提着煤油，来到各自管理的田间点诱蛾灯。点灯前先换掉盆中水，滴上几滴煤油。再用旧布片擦拭干净已被熏黑的罐头瓶壁，将煤油添加好，划了火柴，点燃。许多次，我跟着二姐，浅一脚深一脚，来我们家分包的稻田里点灯。

煤油灯昏黄的光亮，顿时吸引无数的飞蛾和小虫从稻叶间飞来，围绕着光洁的罐头瓶子上下翻飞，碰撞，发出细微的叮叮当当的声音。不多时，便纷纷如雨，坠落盆中水面，在油污里挣扎。

趁着浓重的夜色，我们沿着曲折的田埂回家。

此时，黑幕笼罩下的田野，仿佛进入了一个童话世界。无数盏诱蛾灯，星星点点。深空繁星之下，是无边的蛙声，密集而嘹亮。

018

草帽

挡住一圈炎炎烈日

到了戴草帽的日子，自然已是烈日炎炎。

那时的太阳可真毒。早晨起床，我睡眼惺忪地坐在门口的石墩上，太阳光照在墙上已然发红晃眼。我的额头、脖子、后背、前胸，都爆痱子，一片一片，红红点点，燥热奇痒，双手哗哗抓搔个不停。

真搞不明白，那时究竟是怎么回事，村人都爱生疖子，尤其是孩子，头上，脸上，胸前，后背，动辄长出几个疖子，先是发红发亮，继而越长越大，活像牛犊初生的小角，疼痛难忍。一直要长到里面胀满了脓血，抠破了，挤出来，才慢慢消肿康复，留下一个疤痕。这样的疖子在身上此起彼伏地长，往往要历经漫长的夏秋两季。因此，平时外出，戴一顶草帽以避酷日，就很有必要。

我的家里当然也有几顶草帽。只是当夏季来临，这几顶草帽从墙钉上取下来派上用场时，已经发黄发黑，陈旧不堪。有的帽檐甚至已经脱了线，软塌塌的，掉下一截来，我的母亲便找了针线和破布来缝上。小时候，我经常在夏日里跟随母亲到山上，用竹筢子搂油茶树黑色的落叶或者黄色的松针，母亲戴一顶宽檐的旧草帽，汗水顺着脸面流下来，浸湿了下巴系着的草帽带子。旧草帽下这根浸泡了汗渍和污垢的发黑的带子，有时我咬在嘴里，有一股咸涩的味道。

夏季是一年里忙碌的季节，割麦子、薅红薯藤、薅禾苗、喷雾杀虫、看田水、灌菜园，这些都是在烈日下进行。整个季节，村里的农人，常戴着旧草帽在外面忙忙碌碌。

草帽旧也有旧的好处，就是不必过于珍惜。在野外的树荫下乘凉，往往顺手从头上摘下草帽垫屁股，或是卷了帽檐扇风。有时，还成了临时摘菜盛东西的容器。有的人，甚至将草帽按进水里浸泡，甩干后，戴在头上，凉爽。这样的行为，若是换了新草帽，断然是不可想象的。实在破烂不堪的草帽，稻子黄熟时，戴在了稻草人的头上。它单腿耸立着，高高地站在田野中央，穿着褴褛的衣裳，拿一柄在风中摇晃不定的破蒲扇，装模作样，俨然一副老农的装扮，吓唬着飞来飞去的鸟雀。

祥伍是村里长相标致的青年，他的诸多行为举止显得标新立异，比如他是村里第一个下田打领带的人。那时我还年少，对他多投以欣羡的眼光。但也有不少村人对他嗤之以鼻，甚至在背后说他的笑话：“一个农老古，摆什么臭格！”他戴草帽也与众不同，常把草帽的顶子顶得高高尖尖的，有时甚至把旧草帽的宽檐剪掉，戴在头上活像一个黄中泛黑的箭塔。他这样戴草帽的方式显得很拉风，曾是村中诸多少年模仿的偶像，因此多年过去，我记忆犹新。

到圩场上买新草帽，一般是在双抢的前夕。双抢的那段日子，正是一年中最热的天气，全家大小整天在酷日下的稻田干活，从天亮晒到天黑，每人没有一顶草帽显然是不行的。新草帽大致有两种：一种颜色洁白，编织精细，帽凸的两侧留有两个金属小孔，用来系带子；另一种色泽发黄，编织粗糙，当然价格也就相对便宜，村人多买这种。

盛夏时节，常有暴雨突来，雨点像一枚枚光洋（银圆），让人躲避不及。新草帽淋了雨，会变形发黑。经了一夏一秋，到来年找出来戴时，已是发黄发黑的旧草帽了。

021

禾镰

收割金黄的稻田

禾镰就像嵌入短木柄的小月梳，斜密的梳齿紧挨着，个个锋利，一律斜向手柄，分明就是一把小锯子。一年里，它只在早稻和晚稻收割时派上用场。其他的日子，则长年累月躺在某个阴暗角落，蒙尘生锈。

村前蜿蜒江流的两岸，是广阔的稻田。稻田变得金灿灿的时候，一眼望去，像摊开的一块厚厚的大饼。村人又记起了禾镰，把黄锈斑驳的它们翻找了出来，一番审视，有的已锈蚀得不成样子，几欲折断，只得扔了。这段日子，赶圩的户主，会从圩场上挑选几把新禾镰买回家。新禾镰的木柄白白的，光溜，圆润。一弯镰片宽若二指，上沿铁青，下沿密齿打磨得雪亮，泛着寒光。

在生产队的时候，开镰之前，每一丘稻田都会有人按行。按行通常沿着一条长田埂，从一端开始，每隔五六尺宽按一直行，依次进行。按行人卷着裤腿赤着脚，双手各握一根长方杉木，每走一步，腰一前曲，将两根方木合成楔形分开前方的水稻，左右一按压，水稻便倒向了两侧。如此反复，一行脚印笔直抵达对岸。水稻按行后，一厢一厢的，利于收割，更便于计算工分。那时我还小，同村里的其他孩子一样，也爱兴冲冲拿着禾镰为家里挣工分。在挑选厢行的时候，我喜欢短的，这样容易割完。不过工分也会低几分，比如别人割一厢长的可得 5 工分，我才得 3 工分，或者更少。

分田到户之后，稻田一般不再按行分厢。反正都是自家的，按不按行都得由自家人收割。即便请人工，也是按田亩面积说定工钱。

双抢割禾是一件十分辛苦的农活，太阳如火，田野无风，整个大地就如同一个大蒸笼，即便戴着草帽，头皮依然晒得发麻。相比没过小腿的烂泥田和水浸田，溜干了水的半干半湿的稻田，割起禾来要轻快很多。一家人沿着田埂排开，俯首翘臀，各在一处割开一道口子，向着密密的稻子割去。割禾须眼疾手快，左手虎口张开，像一把叉子，拢掐着禾蔸朝前推进，右手持镰飞快割着，嚯嚯有声，全然是凭着感觉下镰。稍有不慎，哎哟一声还未出口，手指一阵麻痛，已经割开一道口子，鲜血直流。一手禾往往要一口气割上几蔸水稻，掐不住了，镰刀顺手一搭，才直起腰，转身放在一旁。旋即又俯下头，速速地割着。这时候，面前各种大大小小的飞虫不停涌现、飞舞，扑到脸面、手脚叮咬。稻草的枯叶，粗糙的谷粒，也像一把把锋利的小锯，不断地在脸面、手臂上割出一道道杂乱交织的划痕。要不了多久，每个人全身已然汗透，豆大的汗粒沿着额头、眼角、脸面下滑、滴落。口干舌燥，闷热难忍。

我是家中最小的，又是爱捣蛋的男孩，偷懒似乎是我的本能。看见一个圆溜溜的泥鳅眼，我放下禾镰，伸出右手的食指沿着泥鳅眼抠进去，一直触碰到泥鳅的小脑袋，大拇指和食指一掐，提着它的腮给拖出来，到田埂上扯一根藤草穿上。有时，从面前的稻田里突然蹦出一只大青蛙或者乌黑的大泥蛙，我欣喜若狂，张开十指左追右赶，直到逮住方才罢休。这些简单的快乐，能够让我在毒日下暂时忘却割禾的辛苦。

我已经被父母和姐姐们远远甩在了身后，这样挺好，反正他们割完了会来帮我。我索性破罐破摔，割一阵，站着歇歇，掀起衣襟擦擦脸上的汗，到田埂上的铜壶里筛一杯茶喝。环顾四周，田野上到处是割禾、打禾的人，打禾机的嗡嗡声远远近近地传来。整个村庄原本金黄成片的稻田，这时已像一块被咬得七零八落的大饼。我抬头望望天，期盼飞来一块巨大的云，盖着我家的稻田。

云是有的，只是停留在远处。没有办法，我只得又拿起禾镰，俯首翘臀，速速地割着，向着前方追赶。

024

镢头

掘进泥土的深处

镢头长着一张又仄又长的马脸。又像我九十多岁的老父亲瘪嘴里脱下的最后一颗结了黄垢的长老牙，坚硬、严肃，充满了历史沧桑感。

独特的形貌，往往造就了独特的使命。在八公分村，虽说镢头依然离不开与泥土打交道，但它不是专门用来挖旱土的，也非垦油茶山的，更不是锄水田的，它主要用来挖树斩根，掘石掏洞。

那时的村庄，一年四季，以柴火作为主要燃料。在我童年的时候，周边山岭以油茶树、枞树、杉树为主，尤其盛产茶油。茂密的森林新陈代谢，枯死的枝叶乃至树木，就成了我们日常的柴火。在八公分村，几乎每一个孩子自童年起，就有两项日常工作：扯猪草，捡柴火。

儿时捡柴火其实也是一件愉快的事，每次都是一帮小伙伴笑笑闹闹结伴上油茶山，散布在一片密林里，各自寻找枯死的树枝。看见了，掰下来，夹在腋下。等大伙的腋下都夹满了干柴，便呼喊着找一处开阔空地，各自放一堆，有如根据地，再继续捡柴火。最开心的莫过于突然发现了一棵大死树，叶片枯焦得发红，或者已然掉落，徒剩乌黑的枝丫。看见死树不能吃独食，要大声呼喊。大伙飞奔而至，要不了多久，就把一棵树掰得精光。

有的少年和成人，挑一担箩筐上山，筐里放着一把镢头，专门到山上挖死树蔸。挖树蔸固然是力气活，也讲一点技巧。先要把周边的黄土挖一个深坑，用力挥动镢头，斩断胳膊粗细的侧根，再掏出粗壮的主根，挥舞镢头挖斩和敲击。挖、斩、敲、扳，十八般武艺轮番上阵，一个大死树蔸最终挖出来，塞进箩筐里，往往要费很久的工夫。

挖树蔸最疯狂的，算大集体解散分田到户那年。突然有一天，全村人都好像疯了一般，男女老少，拿柴刀，提斧子，扛镢头，冲上村后的后龙山，疯狂砍树，挖树蔸，全部背回各自家里。那原是一片茂密的枞山，长满了高大的枞树和各种乔木、灌木，是村里数百年来的风水山，禁山。那时我虽年幼，砍树挖树蔸却毫不手软，满是兴奋，不怕苦，不怕累，生怕落后于人，自家吃亏。那场疯狂的盛宴，几天

后最终被制止。

那之后，村里的新瓦房一栋栋盖起来，逐步挤占村庄南北两旁的旱土、树林和水田。那时候，建房打地基，都是采村后的山石。那一片油茶山岭的石头较独特，偶尔能看到一块大石头突兀于地表，挖开周边的表土，就能看到大片成层的石块，不用放炮，只要钢钎和镢头，就能把一块块石头撬出来，或抬，或挑，搬运到屋基。我家新瓦房的地基，所有的石块都是从这里挖来的。那时我刚上初中，记得一整个冬闲时节，我家都在忙着挖运石块，不时备办好酒菜，感谢那帮忙的左邻右舍。

曾有一段时间，村里突然兴起了捡锰、挖锰的风气。村前的黄土公路上，经常有大汽车到里面的山区拉锰石，据说那里发现了锰矿。这个时候，我才恍然知道，我们平素在山上捡柴火时，经常看见并玩耍的乌黑发亮、布满了大小洞眼的一块块丑石头，全是锰石，能卖钱的。而且村对面油市塘供销社前的空坪地上，已经有人开始定期来收购锰石。

挖锰蔚然成风。村庄周边的红壤油茶岭，满坡都是挖洞子的人，他们肆意砍倒成片的油茶树，挥舞着镬头，在自认为能出现锰矿的地方随意挖掘土方，期待奇迹。大大小小的洞坑，星罗棋布，坑前倒土形成的扇面的斜坡，像一个个巨大的溃疡，触目惊心。挖锰的热情所致，村人无分大小，莫不热衷其中。我那时也沉浸于挖锰的快乐，小小年纪，挑一担竹筛，扛一把镬头上山，从清早到黄昏，整天乐此不疲，甚至不想再上学了。其实，我们村庄周边的山岭，只分布着零散的锰石，并无丰富的矿藏。结局显而易见，当这场风潮过去，村人并没有增加多少现金收入。倒是每当暴雨来临，山溪黄汤漫漫，一道道洪流裹着大量的黄土砂石，汇入村前的江溪。

028

镰刮

垦活一片油茶山

到如今，我依然每年要使用的一件农具，是镰刮。

父母去世后，村里的旧瓦房便年复一年地空置着。原先的那些旧农具，也相继被亲友和邻居拿了去。后来修建高速铁路，旧瓦房拆迁了。为了能在村里继续落下根，我也在新村新址新建了一幢房子。历经这样一番折腾，剩下的老农具，大约只有一把镰刮了。

每年清明节前，无论我在哪里，我都会及时赶回县城的家。叫妻子按照乡村的习俗，备办好一块方正新鲜的熟猪肉，一条油炸好的小鲤鱼，一枚生鸡蛋，外加纸钱、香烛、鞭炮、白酒、水果诸物。而后带了家小，一同回到乡下，给父母扫墓。

我们先到新村的房子里，开了不锈钢大门。这房子自建成以来，也是年复一年地空置着。若无特殊情况，我们一般只在清明节前来一次，然后在除夕之前再来一次，仪式般地来看望一下父母的遗像，给他们烧点纸钱、香烛，也算是顺带经管一下自己的房子。神台上挂着父母的彩色相框，他们脸泛微笑，目光慈祥。我们鞠躬行礼，点上纸钱、香烛。之后，我习惯性地打开楼梯间的那道小门，来到后院。两棵石榴树，两棵枇杷树，一架葡萄，又比上一年长高了许多，各种花草繁茂而芜杂，地面上满是旧叶和灰尘，圆形小池集满了雨水，上面漂着叶片，映照着树枝横斜的暗影。我从门旁墙角提了那一把锈迹斑驳的镰刮，放进水池浸泡一阵，让其吸水紧固。然后，我扛着镰刮，提着祭品，带了妻儿，沿着村前的公路，去村子附近的一片油茶山上扫墓。任由新村房屋的大门敞开，向过往的村人报告着，这户人家的主人回来了。

这片油茶山是我家的，前些年重新核发林权证时，户主已然写成了我的名字。父母就葬在我们自家的油茶山上，紧挨着。这也是他们生前的遗愿。一年的时间，他们的坟墓上又长满了深草、野树、小竹子，周边荆棘丛生。我招呼妻儿在一旁站一站，看看山景。我提着镰刮，一一刨除坟上的杂草、野树和小竹子，修整墓地的便道、土坡、水沟和空坪。诸事妥当，我与妻儿一同给父母坟上各插一束纸花，摆放供品，淋洒酒水，点上纸钱、香烛，一齐跪拜。末了，我把妻儿叫到一旁，点燃绕坟摆放的长鞭炮。一阵激烈的脆响，山坡上缭绕着蓝色的硝烟。

下山回到庭院，我拿着镰刮和扫帚，清理花木，松土，打扫，往往要干上一两个小时，清运出不少枝叶和垃圾。

这把镰刮已经有了漫长的历史，刃口磨损得不甚规整，短了一小截。父母在世的时候，经常用它来劳作。插秧之前犁田和挖田，父亲用它把一圈原本荒草丛生的田埂刨修得干净、整洁，犹如一个高明的理发师，剪出来的平头，形神兼备。菜园里不时长出来的杂草，母亲用它来刨除。我家的这片油茶山，父亲每年都要挥着镰刮开垦一遍。那些年，这片山岭被父亲挖垦得活溜溜，黄土松松散散，荆棘很少，油茶树长得高大、茂密、乌青，每年都要摘几十担油茶果，风调雨顺的好年成，能打三百多斤茶油。

昔日晚稻收割之后，村人有烧火淤的习俗。待水田晾晒干，父母拿了镰刮，将我们自家田里的干稻草蔸连表土一同刨了，堆成一个小山般的大堆子，下面铺了干柴，点上火，经过焚烧，成了干爽泛红的火淤。以后铺撒在田里，是种植萝卜的好肥料。而在漫长的冬闲，父亲常常扛着镰刮，提一个篮筐出门，成天在周边村庄收获后的空空荡荡的红薯地里掏红薯，反反复复地掏，不厌其烦，不嫌其远，有时甚至离村十几里。每次，父亲总要掏到半篮或一篮大大小小的红薯，方才回家。

父母扛着镰刮出门、劳作、收工的形象，像一幅幅生动的画面，至今深深铭刻在我的脑海里，依然那样清晰，恍如昨日。

031

斧头

劈柴砍树好利器

漫长的冬闲时节，也正是村里的木匠师傅忙不过来的日子。家里有娶亲的，嫁女的，或者要添置点木器的，都会先后约请木匠来自己家里，一日三餐好酒好菜招待。木匠呢，也心安理得，一门心思锯木刨板，制作高衣柜、碗柜、木箱、饭桌、长凳、矮凳、水桶、脸盆架子等一任家什。以后再油上红漆，喜气洋洋。

做木工活多在宽大的厅屋里。靠墙斜堆着干杉木筒子，打开的木工箱子里满是工具，长刨子，短刨子、墨斗、铁锤、曲尺……各种

锋利的凿子，扁的、圆的、方的，白亮亮的刃口无不闪着寒光。厅屋中央摆放一条宽边厚实的长木工凳，一端钉了两把大小不一的铁扣钳，犹如匍匐的黑瘦蛇蛙，张开着跪曲的后腿，这是用来卡塞方木上刨子的。木凳下方，立着一把宽刃利斧，看着让人心惊。小时候，我们喜欢围观木匠干活。看着一截截圆木，在木匠的手下，变戏法似的，最后做成了一件件木器，觉得非常神奇。尤其是看着他一手竖握木头，一手挥斧砍削的时候，我总是暗暗担心他会剁了自己的手。常常，他提了斧头，蹲在一块小磨刀石前，洒上一点水，反复磨着刃口，不时用手指肚试试雪亮的利锋。每当此时，我想象着一股鲜血已从他割开的手指涌出，不忍直视。哪怕斧头静卧在地上，已被锯末和刨花覆盖，那隐隐约约的寒锋，也令我不敢丝毫靠前。那时的我，竟胆小如此。

村北黄氏宗祠后面有一片坡地，我们叫作公堂背，曾有一个旧饲养场，是一栋简易的大土砖房。那附近长着好些参天古木，诸如古枫、古椆、古梭罗树。深秋初冬，我们常到这里的树下空草坪上，捡拾手指头状的棕黄色的椆子，用来做椆子豆腐。也捡拾小红豆状的梭罗子吃，又脆又甜。

饲养场前面的那棵老枫树，粗黑的树干要几个人才能合抱。那些繁茂的枝丫伸展在半空中，顶端有一个比谷箩筐还大的喜鹊窝，每天清晨，成群的喜鹊叽叽喳喳叫着，把整个村庄吵醒，它们一大早就飞离村庄，傍晚又成群结队叽叽喳喳飞来，十分热闹。这是村里最高大的古树，叶子变红时，整片天空都无比灿烂。当叶片落光，枝丫上满是乌黑的小球，我们叫枫球波，干透了，掉下来，我们常一篮一篮捡了，能当柴火。这棵老枫树具体是哪年砍倒的，我已不甚清楚，应该是村集体刚解散的前后。砍枫树的那几天，我同村里的大人孩子一样，不时跑去围观。在地表处，环着树干挖了一圈宽大的土坑，好几个人抡着利斧在拼命地砍，比巴掌还大的劈屑雪白雪白的，从枫树上不断劈下来，铺了一地。这棵树砍了好几天，终于轰然倒下，整个天空都像倒塌了一般。这是我童年中目睹被利斧砍倒的村庄里最大的古树。我至今想不明白，这树长得好好的，为什么要砍掉呢？此后，公堂背的这些古树全都陆续砍掉了，油榨坊旁边的古柏和古枫也砍掉了，石拱桥边的古椆树和古槐树又砍掉了，甚至连村庄后龙山脚下的几棵古樟树也砍掉了。它们数百年在这里平安生长，为什么偏偏这个时候被村人视为眼中钉，需砍掉而后快呢？

在村里，并非只有木匠才有斧头。其实，每户人家基本上都有。我家也有一把斧头，与木匠的斧头不同的是，这斧头长年累月被丢在床底下，锈迹斑驳，刃口也窄一点，没那么锋利。这斧头是用来劈柴的，需要的时候，拿出来劈一阵，用完了又丢在床底。我是在少年的时候，才被父亲允许拿斧头劈柴。我们劈柴主要是劈油茶树蔸，干死的油茶树蔸从山上挖来后，要及时劈成几爿，否则干透了发红发硬，更加难劈。劈柴是一个力气活，有一定的危险性，须讲技巧。一个树蔸丢在地上，要打量一番，判断先从哪里劈起，往往是挑选树枝和树根的分叉处下手。劈时，一脚踏住树蔸或树枝的一端，挥斧猛力对着落点劈下，要全神贯注，稍不留意，柴火飞溅起来，或者斧头跑偏了，伤到自己的腿脚，可不是闹着玩的。

035

菜镰

割一篮鲜嫩的猪草

伸直右臂，手掌并拢，掌心朝上，折成九十度，这就是一把菜镰的形状。手臂是柄，手掌是刀，腕关节是关联处，刀的柄环掐着柄的脖颈，刀与柄结为一体，刀片轻薄，刃口朝下，锋利，这就是菜镰。一年四季，日复一日，菜镰几乎是农家每天都要用的刀具。

春日里，万物苏醒。几场春风春雨，山川葱茏，草木叠翠。村庄周边的山岭，鸟声稠密，野花恣肆盛开。那些野檵树，一丛丛的，开着黄白色的繁花，漫山遍野。山上的茅草，又绿，又深，又密。这是大自然给村庄的馈赠，开春犁田在即，沉寂了一冬的水田正需要叶肥。这个时节，村人手持菜镰，挑着竹筛，或拿着棕绳，络绎上山，割鲜嫩的野檵树花和茅草，一担担挑回村，堆放在水田一角。这是一年收成和希望的开端，度过了漫长冬季的农闲，庄户人家又开始了辛勤劳作的日子。

那时差不多家家户户都养猪，扯猪草是村里妇孺每天的必修课。提一个篮筐，里面放一把菜镰，就出门了。田埂上、溪岸、江边、园土、山脚、村庄的周边，到处都能看到有人在走走停停，蹲着扯猪草。很多猪草我们能叫得上名字，猪耳朵菜、奶浆草、红秆子草、烂布筋、毛老虎、野芹菜……但更多的是只认识却叫不上名来。一个村庄的人，往往就在本村所属田土地域内转悠着扯猪草，每一处地方，你方唱罢我登场。高的猪草用手扯，矮的猪草用菜镰割，菜镰挑，从天亮到黄昏，扯猪草的人就没有间断过。

现在想来，那时的野草，对村庄的贡献何其大。猪要吃，牛要吃，鱼要吃，鸡、鸭、鹅也要吃，还要用来肥田。它们每天忙于新生，还没来得及纵情生长，一张张大嘴啃了过来，一张张小嘴啄了过来，一双双手伸了过来，一把把菜镰割了过来。而如今，偌大的村庄已难闻鸡鸣犬吠之声，更没有人家养猪、养牛。每次回到村庄，看到昔日亲切无比的野草已无人问津，茂盛又娇嫩，心疼得不行。感觉现在的庄稼人啊，真是辜负了这片土地，辜负了这土地上野草的盛情！

037

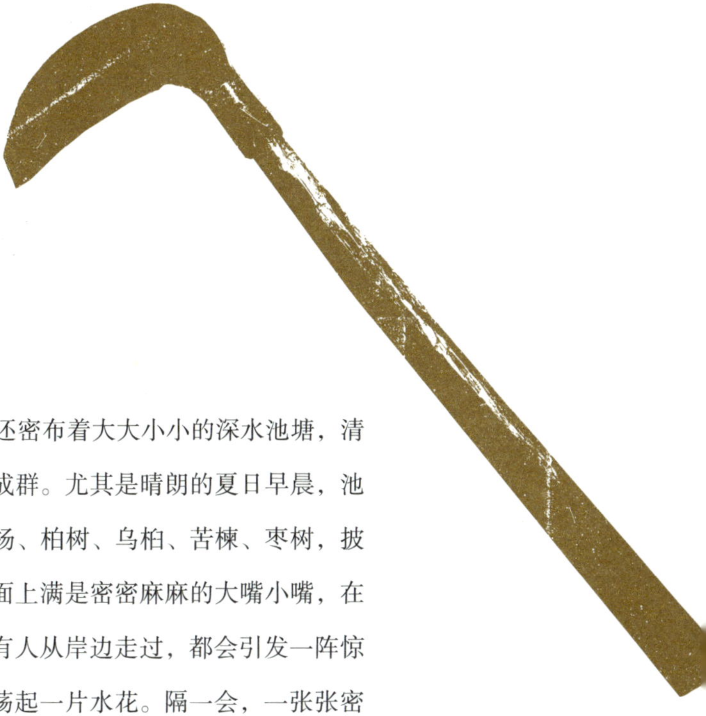

那时村前还密布着大大小小的深水池塘，清水涟漪，游鱼成群。尤其是晴朗的夏日早晨，池岸的垂柳、高杨、柏树、乌桕、苦楝、枣树，披一身霞光，池面上满是密密麻麻的大嘴小嘴，在一张一合。每有人从岸边走过，都会引发一阵惊窜的哗啦声，荡起一片水花。隔一会，一张张密密麻麻的大嘴小嘴，又从不远处的池面冒了上来，一张一合，吧唧有声。

这个时候，那些一大早起来割鱼草的人，已经陆续回来了。手腕上提一大箩筐碧绿的鱼草，放在池塘边一处固定的石板上。蹲下身来，一手扶着箩筐，一手从箩筐里拔出一把鱼草，在池水里一来一晃地洗鱼草，哗哗有声。鱼草随着水波，慢慢离开池岸，向池面荡开。满箩筐鱼草洗完，池塘里已漂浮着大片的青草，草鱼不时张着大嘴浮上来，咬住一根草，头一沉，拖入了水下。

鱼吃的草很杂，且粗粝，有时也吃割来的瓜叶藤蔓。有一种草，村人就叫鱼草，连片生长在河边临水的湿地，草茎粗长、笔直。这草很少用来喂猪，我们扯猪草时，一般不扯，手扯也很费力。养鱼的人，却视为珍宝，每天早晚，都要拿了菜镰来割一两箩筐。

夏天也是小麦、荞麦、高粱、穇子、苎麻成熟的季节。收割的时候，都离不开菜镰。只是如今，这些昔日品种丰富的物产，早已经在我的故乡八公分村绝迹。

除水稻外，红薯是村庄最重要的粮食作物。分田到户，每户人家的菜园里，必定会留有一块红薯秧土。端午节前，剪红薯秧，插红薯秧。自此以后，菜园里的红薯藤成了猪的饲料，每天轮番割上几把。难怪那时，我母亲每次提了箩筐上菜园，总要带上一把菜镰。而栽插的红薯秧，即便藤蔓茂密，也是不允许割的。否则，红薯就会减产。

等到深秋，油茶采摘下山，红薯也已经成熟。尤其是经历了一场白霜之后，原本绿意盎然的红薯藤，一夜之间全都乌黑奄拉着死去。这正是大面积挖红薯的好时候，家家户户一齐上阵，每人一把磨得锋利的菜镰，割红薯藤，一担一担挑回家，挂在竹篙上，挂在屋檐口，挂在猪栏杂屋的楼上，风干了，是漫长冬季雨雪天里的干猪草。

039

磨刀石

磨砺光亮的刃口

每一户人家的门口，少说也有一块磨刀石。

旧时我那村庄的黑瓦青砖的住房，大多是这三种样式：一种是有天井的大厅屋，通常住四户以上人家；再就是无天井的小厅屋，住两户；还有一种则是天井和厅皆无，形同杂屋，单家居住。磨刀石的放置，也同样有迹可循：或在天井的石沿上，或在厅前两侧的石墩旁，或在门口石板巷子的明沟边。这些粗粝的石头，就常年搁在那里，用时方便，谁也不会担心会被偷走。

村边四周的山岭，多是红壤，生长着茂密的油茶树和杉树，这样的土质下面，也就不会有砂岩。那些偶尔凸出山表的，也都是乌黑硕大的青石。村前的江上，江水清浅的日子，一些滩段就能看到大大小小的成片鹅卵石，乌黑，光滑。这些石头，好像也没看到有人捡拾回家，当作磨刀石来使用。差不多可以说，村里的磨刀石，都是来自外乡。它们进村的时间、路径、方式、源头，各不相同，就像这个村庄祖祖辈辈迎娶进来的女人。

这些磨刀石，有的是石磨的残缺一角，有的像小石板，有的则打凿成型，如粗大的砖块，形态大小各异。不过有一处是相似的，它们的中部，长年累月经受刀斧的磨砺，形成流畅的内陷圆弧。

那时的村庄，虽说大家过的都是平朴的日子，却是人畜兴旺，充满了生活的气息。村人很少外出，日常生产生活中的每一样活计，都由人工来完成。镰刀、柴刀、斧头、猪草刀、菜刀等诸般刀具，每天都要用到。刀口缺了，钝了，到磨刀石上磨磨，便又锋利光亮。

耳濡目染，村里的孩子，无论男女，差不多童年里就学会了磨刀。到少年时，已经非常熟练。那时，我们在上学之余，扯猪草、割茅草、砍柴火、剁猪草，全都是分内的职责。我们做这些事情之前，习惯把刀子磨利。

打半盆水，将磨刀石和刀刃浇湿。蹲下身来，一手握着刀柄，一手握着刀背，斜按刀锋，抵着磨刀石来回磨砺。因为用力，全身随之摇晃，磨刀石发出嚯嚯的摩擦声。砂浆水越磨越稠，在石面和刀面上涂了一层。反转刀面，浇点水，再磨。如此几个回合，用水冲刷干净，刀锋便银光发亮。伸出拇指肚，试试刀锋，如略有卷刃，反顺在磨刀石上抽一两刀即可。有了锋利的刀具，干起活来，顺手又省力，正所谓“磨刀不误砍柴工”。

那个时代，有一副书卷气浓郁的对联曾广为流传：宝剑锋从磨砺出，梅花香自苦寒来。即便在闭塞的山村，人们也常以此励志抒怀。

我家后来搬进新瓦房居住，有好几年，母亲要我这个中学生写春联，我都是写上这副红对联贴在门口。自己看了，也暗暗地在心底鼓起一股劲来。

第 二 辑

炊饮篇

044

铁锅

炒一道简朴的农家菜

家里有三只铁锅，一小，一中，一大。

小者是菜锅，长有两小耳。与之匹配的，是一块杉木锅盖，一个手锄般的木柄菜勺。累日长年的汽蒸、油熏、火燎，木盖木柄已然发黑。偶尔用柴火灰擦洗一番，方才白亮了许多。村人的习俗，一日三餐吃饭。我家自然也不例外，因此，一年里，母亲每日三餐都要在灶台边洗菜、切菜、煮菜。春日的菜薹、韭菜，夏日的辣椒、茄子，秋日的扁豆、仔姜，冬日的白菜、萝卜，莫不是应时菜蔬。四时八节，也有鸡、鸭、鱼、肉的荤腥。

记忆尤深的是冬夜里煮萝卜。外面寒风拍打着窗板，松涛一阵一阵呼啸。昏黄的灯光下，一家人围灶而坐，火焰熊熊，菜锅里已放了小半锅子水。母亲站在灶桌边切白嫩的大萝卜，她会征求我们的意见，或者切片，或者切成方形的小墩，或者切丝。切好的一大堆萝卜放入锅中，盖上木盖。水汽氤氲之中，已闻到萝卜飘香，肚子愈加饥饿。我常忍不住再三催促母亲："好了吗？好了吗？"母亲脸上微微含笑："快了！快了！"中途她揭开锅盖，拿了菜勺翻转萝卜，又盖上。我甚至有点生气了："怎么还不好啊？"母亲依然是含着笑，目光温暖："你个蠢子。总要煮熟嘛。"在长久的等待中，一大锅萝卜终于熟了，母亲端了油盐罐，用瓦调羹放了猪油，放了盐，又放了辣椒灰、葱丝、酱油，一拌和，浓香扑鼻，红辣辣的装了两大海碗。热饭、热萝卜，一家人吃得哧溜哧溜，香！

盛夏里吃上一顿米粉蒸猪板膏（方言，猪板油），那真叫解馋。长夏时节，上一年留下来的猪油和茶油吃光了，许多日子煮菜都是烧光锅，肚子更加荒得很。偶尔，母亲手提肩挑了花生、豆子到圩场卖了，买几斤板膏回来，大部分炸成了猪油，少许则切成块，只在热锅里过一下，拌上事先炒至焦黄后磨细的米粉，和上盐，装到大碗里蒸熟。油亮亮的米粉板膏特别香，夹一块，咬入口中，嘴唇满是油光，好吃得不得了。那时想，要是经常有这样的好菜吃，该多好！

中号的铁锅，锅口大过谷箩，我们叫水锅。顾名思义，主要用来烧水。早上烧水泡茶，晚上烧水洗澡。盛夏煮新扯来的嫩花生，冬夜里焖红薯，都是用它。为防止漏气，盖上木锅盖后，在一圈缝隙上塞洗脸帕子。焖红薯蒸干了水，锅底会有一层酱黄色的红薯糖，软软的，用调羹挑了吃，很甜。

平素的日子，一家人口多，往往用木甑蒸饭。先是在水锅里放大半锅水，倒入几升米，熬至半熟，用捞箕捞出来，放在筲箕里，滗干水。若是夏天，米汤里留少许半熟的饭粒，熬成稀饭。蒸饭时，洗净水锅，加水，放入木甑。甑底有能取放的圆凸箅子，篾丝织成，高于锅内水位。蒸汽如烟，端了筲箕，用饭勺将半熟米饭扒入甑中，盖上木盖，蒸至熟透。木甑蒸的米饭，历历可数，十分松软，好吃，能让人饭量大增。记得我二姐小时候，若是吃饭时遭了母亲责骂，她就气鼓鼓地坐在木甑边，故意斗气多吃几碗饭，肚子饱胀还要硬吃，直让母亲干瞪眼。

中秋节，村里捣糍粑的那几个石臼，要轮流排队。我母亲早早用木甑蒸好了糍粑米，却往往要在水锅里放上几个时辰，热了又变凉，凉了再放回灶火上蒸热。直到排上了队，才急急忙忙端过去，捣成糍粑，这是一年中只能吃上一回的美味。

煮潲的铁锅最大，无耳，锅口能放入大簸箕，木盖异常笨重，成人也要两只手才提得稳。煮潲有专门的灶窝，大多砌在厅屋的一角，或者专门的柴房里，四四方方，上面一个圆形大口，刚好嵌入潲锅。除非锅底烂了洞眼，潲锅一般不会再起出来，太沉，不便，又占地。

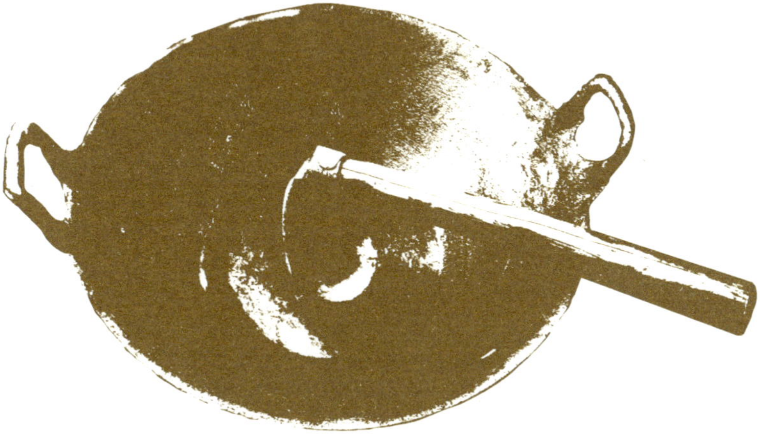

每天早上煮潲，倒上一大锅潲水，放进剁好的猪草菜叶，盖上大木盖。有的人家甚至不盖木盖，就直接敞开，或者盖一个烂簸箕。宽阔的灶膛里，火焰熊熊，烟尘弥漫，燎得烧火的人脸面生疼。许久，热潲开了锅，热气四窜，潲水伴着泡沫溢出。赶紧揭开锅盖，用一根长木棍伸进锅内，按潲，搅动，平息一下翻滚的潲沫。

多日不曾清洗的潲锅，四周沾满了陈潲，看着肮脏。锅屁股上，更是落了一层厚厚的黑烟尘，我们叫乌墨。有时候搞恶作剧，我用手指伸入灶内在潲锅屁股上揩一下，冷不防擦上同伴的脸，他顿时成了黑包公。这样的黑包公脸，我也被涂抹过多次。

红薯挖了之后，在闲暇的冬日，每家每户都会蒸红薯酒。发酵好的红薯糟，倒入洗净的湘锅，加水，盖上大酒甑，用拌和油润的湿黄泥巴条子，将酒甑与锅子周边缝隙封上。再用专门的竹筒，连接好酒甑和加满了水的过缸，摆好装酒的坛子，生火添柴。湘锅水沸，不多时，一股清亮的红薯酒从过缸底部的瓦嘴子流出来，落入酒坛，酒香浓郁。

差不多隔上几日，就会有不同脸面的补锅的行商来到村里，走遍巷子吆喝，在村前的树下坪地上安放火炉、风箱。不一会，便有村人提着烂了洞眼或开裂的大小铁锅，陆续到来。

补锅师傅推拉着风箱手杆，炉上炭火舔着蓝色焰子，熔罐里的小铁块渐渐变成了绯红的铁水，翻滚着。他坐在矮凳上，架好了一个烂铁锅，在破烂的地方，用尖锤稍稍敲大了洞眼。他左手戴了一个厚实的黑脏不堪的特制手套，拿小勺舀了一勺红红的铁水，放在手套中央，分明是一粒红珠，迅速抵住铁锅的洞眼。右手拿一个小圆柱状的布摸子，在洞眼的另一边一压一抹。一阵焦臭的青烟腾起，铁锅补上了一个平整的疤子。村人付了钱，笑眯眯地提锅回家，又能用上很长的日子。

049

铜茶壶

饮茶嚼物，其乐融融

母亲身边最值钱，并且陪伴她度过大半辈子的用具，要数那把铜茶壶。

铜茶壶的造型十分漂亮：平底，鼓腹，环状提手，壶嘴呈流线型，圆圆的壶盖正中央镶嵌一粒金瓜，全用黄铜手工打造而成，并且在壶的颈部刻有父亲的名字：黄观成。母亲非常满意这把铜茶壶，据说当时为了做这把壶，除招待匠人酒饭外，还付出了几担谷子的代价。

饮茶的习惯已经融入母亲的血液，一年三百六十五天，她每天起床的第一件事就是烧水泡茶。母亲泡茶也很讲究，隔夜的剩茶，无论多少，她都要倒掉。在用铁鼎罐烧水的同时，母亲要先后用清水和沸水把铜茶壶涮洗两遍，然后放入自制的茶叶，再用竹筒勺子舀沸水灌满茶壶，盖上壶盖。为防止茶水变凉，母亲还要把一壶滚茶放在灶台的火边烤着，或者放在灶膛口的火子上煨着。

当母亲梳头洗漱完毕，我们也洗漱停当，母亲已在灶台前的案桌上插上吃饭喝茶用的接手板，端上刚从瓮里掏出来的腌菜，比如酱大头萝卜、辣酱藠头、腌豆角之类。若是冬天，当然还免不了焖熟的红薯。奢侈的日子，还有炒花生、煨烫皮，甚至过年剩下的兰花根（方言，一种米制的油炸年货）。此时，一家人围灶台而坐，每个人的碗里都筛了金黄透亮的热茶，饮茶嚼物，其乐融融。一天的生计，自兹而始。

母亲喝茶的量大，而且必定滚烫，即便三伏的酷暑。每次喝茶，她必定一碗一碗地喝个痛快，喝得“呼呼”作响。如果哪天母亲喝茶少了、不香了，必定是母亲病了。母亲病了，也从不吃药打针，按她的话，说是“阴阴糊糊几天就好了”，其实是母亲怕花钱。她治疗自己的病一般是自己在颈脖上夹痧，或者叫我们给她背上刮痧，然后泡一铜茶壶滚烫的热茶喝。每餐我们吃饭的时候，也正是母亲或坐或站喝茶的时候。有时看甑里饭少，母亲会跟我们打招呼：“我已经喝茶饱了，你们把饭都吃了。”然后，继续一碗一碗“呼呼”地喝她的浓茶。

家里的茶叶，也全部由母亲亲自采摘和制作。母亲的茶叶有四种类型：一种是正茶，她要去五六里路远的西冲茶山去采摘茶叶，然后自己杀青揉搓，晒成干茶；一种是枫树叶茶，每年初春，村后山上的枫树长出粉红的嫩叶，母亲要提竹箩筐采来不少。枫树叶茶还是止泻的良药，尤其是生了虫屎的老枫树叶茶，效果更好；再一种就是混合叶茶，是母亲在春夏之交从田间地头割来的各种草木的叶子，混在一起晒干而成，盛夏用它泡茶是解暑的良方；还有野菊花茶，每年秋冬，村里村外，原野山间，到处开满

黄色的野菊花，采来晒干即可，泡成茶水，金黄透亮，芳香四溢，虽有点苦味，母亲说就是靠它来清肝明目。

客人来了，或者乡邻相访，母亲多是以正茶相待。母亲是个好茶的人，又讲待客的礼数，她必定把铜茶壶重新涮洗，从篾茶篓里掏出正茶泡一壶新茶。佐茶的东西，母亲或者煨三五块烫皮，或者炒点黄豆、豌豆、花生之类，甚至炒一点高粱、麦子、南瓜子、葵花子，都是自产的物品，尽管简单，也是上心。茶是一道道地劝，也是一遍遍地煨，更是一层层的浓，近了亲情，暖了乡音。

母亲有严重的胃病，估计与饮茶的习惯也有一定关系。有时我们把菜吃完了，母亲就在饭碗里倒入滚茶，草草吃了。即便夏日隔夜的馊饭，母亲也从不舍得倒掉，而是用滚茶冲洗一番，自己吃下。母亲犯胃病的时候，脸面痛得扭曲难忍，常要用吹火的竹筒紧抵心窝，许久才能缓过神色。之后，她又提着铜茶壶煨茶，一碗一碗“呼呼”地喝。

铜茶壶用久了，就会颜色暗淡。母亲这时会从灶台灰坑里掏出柴灰，掺上水，将铜茶壶里里外外擦拭几遍，再用清水冲洗干净。顿时，一把暗淡无光的铜茶壶又焕然如新。

053

火钳

在灶火里灵巧如手

火钳是手的延伸，更是灶的伴侣。

村里砖砌的正灶，每个日夜总有一把火钳不离不弃。闲时，它躺在灶台面上，或插在灶灰坑里，甚至就扔在灶门口的宽板长凳下面，与干柴炭块为伍。乌黑修长的两腿，一对大耳朵，一个铆栓，构成了它身体的全部。在一只手的操控下，它张合有度，灵活有力。自从铁匠给了它生命，一个户主神色满意地欣赏它，相中了它，把它领回家，带进了灶屋，它就一眼爱上了这户人家的砖砌方形灶台，把这里当成了自己的家。它从此默默地履行职责，消磨自己的身体，无怨无悔。村人给了它一个亲切的小名——夹钳。

灶膛里火焰熊熊。灶门口卧放的一块方砖上，搭着比手臂还粗的斧劈柴。干柴的前头伸进了灶膛内，热烈燃烧。长长的火舌舔着锅底，从灶门口窜出来，带着烟尘。灶上的鼎罐，或在烧水，或在煮饭，或者喷香的米饭已经煮好，换上了乌黑的双耳菜锅，一团雪白的猪油在锅底快速熔化，噼啪炸响。在八公分村，一年四季，一日三餐，这样的场面在每一户人家重复上演。

深秋，冬天，初春，天气寒冷。这个时候，我家灶门口的宽板长凳上，必定紧挨着坐了一家大小，热烈的火光把脸面映红，暖意融融。当中的一个人，母亲，父亲，姐姐们，我，多数时候是母亲，手拿火钳，随时掌控灶膛里的动静。火太大了，夹着干柴拖出来一点。干柴烧得只剩灶门口巴掌长的一小截，夹了送进灶膛内。火子柴灰满了，燃得不旺，冒烟，火钳伸进去，搅动一下，扒一个小窝，火苗顿时就窜了上来。父亲爱抽土烟，这时省得划火柴，拿了火钳，夹一粒绯红的火子，伸向烟斗，吧嗒吧嗒吸起来，很享受地吞云吐雾。

记得上小学时，下雪结冰的日子，我和伙伴们经常手中提一个火桶去学校。小小的火桶里，有一个瓦钵子，里面夹了红亮的柴火子。上课下课不时烤烤手，身上就暖和了许多。也有的同学在火桶里添一把干茶籽壳，搞得教室乌烟瘴气，被老师勒令提到外面去。

那时家里有喝早茶的习惯，佐茶的东西常常是一碗腌萝卜，几个烤得溜糖的红薯。有时，母亲拿出三两块圆圆的烫皮，火钳夹了，一块一块在火子上翻转着煨烤。宛如团扇的烫皮煨得金黄，鼓起密集的小米泡，浓香扑鼻，酥脆诱人。这是村人日常的茶点，也是待客的上品。用火钳在灶里扒一个坑，放一个白皮红薯进去，掩上火子，也是贪吃的我们爱干的一件事情。于今忆及，仍口有余香。

接近年关，楼上原本堆得满满的干柴已经空落很多。先前预备好、码放在卧房一角的炭块，犹如一饼饼黑色的大糍粑，这时派上了用场。烧炭火的日子，少了烟尘，一番洒扫过后，家里干净了许多。炭火耐烧，火力大，生火的时候，往往在灶膛里夹带放几块敲碎了的青石，经过一昼夜的焚烧，成了生石灰块。在一

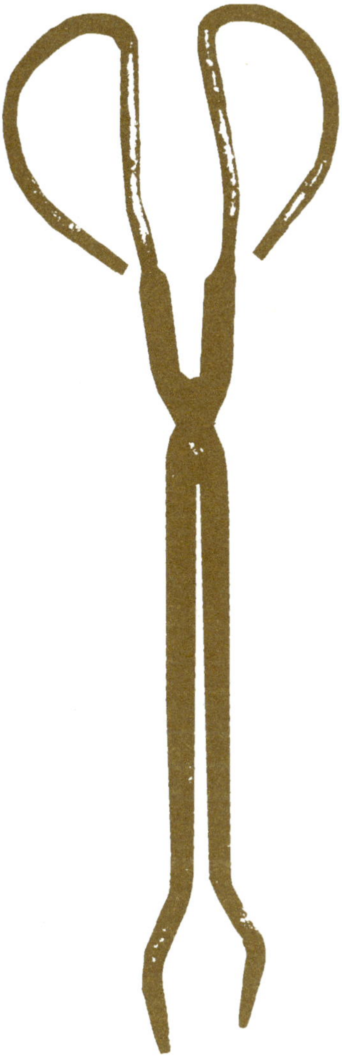

日三餐之间，炭火空着。为节省炭，母亲从水田里挖一锄泥巴，拿火钳夹了一团团的湿泥，糊上厚厚的一圈，只在炭火中央留一个拳头大的圆孔。炭火上的泥巴腾起浓浓湿气，小孔里扯着微弱的火苗。

杀猪过年，火钳起到了烙铁的功能。火钳插进炭火，隔一阵拔出来，已是两腿通红。按在猪肉皮上，慢慢烫过去。焦烟腾起，猪皮卷曲发黑，吱吱作响，冒着油脂，散发出刺鼻的焦臭。火钳也随之发黑，复又插进炭火。如此再三，直到猪肉都烫了毛。为防伤人，用后，灼热的火钳插进水里，发出尖锐响亮的淬火声，窜起一股浓烟。

据说在盛夏的夜晚，常有成人打着手电，拿了火钳到水田里夹泥鳅、黄鳝。那时我尚年幼，可惜未曾亲历。

一把火钳在家里往往要用上许多年，两条腿消磨得瘦小，短了一大截，仿佛年迈残瘸的老人。看着这样的火钳，不免心生感慨。

撑架

灶的支撑，家的象征

那是一个揪心的庄严仪式。

高速铁路的巨大灰色桥墩，一个接一个从田野上长出来，像一条巨大的蜈蚣，已经逼近村庄，逼近我的家门口。我的红砖瓦房的清水墙上，被人用红色的涂料画了几个大圆圈，里面写了一个潦草的“拆”字，旁边还打了一个红红的大叉，仿佛两把血色刀子。显然，这栋留下了我二十多年记忆和生活场景的瓦房，我少年时目睹了它的诞生，现在人到中年，又要看着它消失，还原成一片颓败的废墟，无可挽留。

2008年深秋，一个晴朗的日子，我从永兴县城回到家乡这栋瓦房。三年前，我的父亲也追随母亲去了对面的山上长眠。房子从那时上了锁，瓦屋面上不再飘荡浓浓淡淡的蓝色炊烟。我也经年累月不再回来，任由这栋简陋的老瓦房空置着，落寞地忍受日晒雨淋。我这次回来，目的只有一个，就是按照政府相关部门的要求，带头拆掉这栋房屋，以便整个村庄拆迁工作的顺利推进。我只带来了一块红布条，一刀纸钱，一把香，一对蜡烛，一个打火机。别的什么也没带。还需要带什么呢？

房子外面，我的堂兄三节和几个村人在说笑、抽烟，墙上斜搭的高楼梯直抵瓦檐。他们是我雇来的，只等我的简单仪式一结束，就进屋搬东西，上房揭瓦拆砖。

厅屋大门打开了，灶屋门打开了，灶屋通向禾场的侧门打开了，木窗板推开了。强烈的光线射进来，照着灶屋中央的砖砌方形大正灶，四周泛黑的粉墙，烟火熏黑的楼板，蒙了厚厚灰尘的碗柜、灶桌、宽板长凳。砖砌的水缸空空的，干干的，没有一滴水，泛白的水泥内壁结了蛛网。空气中有一股久无人居的发霉的味道。

与我一同走进灶屋的，是年近七旬的金德老哥。他是我的邻居，是村里的老泥水匠。我的这栋瓦房，当年就是以他为主的工匠们建成的。记得房屋圆垛的那天，他带着一帮人，站在人字坡屋顶的墙垛子上、瓦檩条上，放鞭炮、杀公鸡敬神、唱段子、撒糖、撒饼干、撒染红的花生。大人孩子站在下面围观，仰头聆听，笑闹着拥入尚未盖瓦的房屋里捡拾撒下来的东西。当年冬天，我家乔迁新居。灶屋的这个砖灶也是他砌的，在选定的良辰吉日，是他亲手在灶基上安放了象征一家之主的崭新的铁撑架。

我点燃了纸钱，烧在灶膛里。火焰熊熊，腾起一片烟尘。就着如舌的火苗，我又点燃了香烛，插在灶台面上的缝隙里。三炷香缭绕着青烟，蜡烛燃烧着，火光明亮，拖着长长的烟尾巴，红红的油脂顺着烛身滑下来，滴落在空荡荡的灶台上。灶屋里又充满了多年不见的烟火气息。

灶膛里的纸钱渐渐成了一堆黑色的灰烬。金德老哥拿了红布条，系在了灶膛口撑架的圆环上。他神情肃穆，两手握着圆环，一拉一提，铁撑架就与灶膛分离开来。我赶忙伸出双手，接了过来。

这个沉甸甸的撑架，上面一个圆环，下面三条腿，均已锈迹斑斑。二十多年与这个灶台，这膛炉火，这栋房屋，这方土地的长相厮守，如今终将分离。

外面进来几个人，开始清理旧物，搬到门外的禾场和空地上。另几个人上了楼梯，开始揭檐口的瓦片，一叠一叠传递下来。我从灶屋里出来，把拆房的事情全权委托给了堂兄三节。

提着撑架，我离开了这栋正在拆除的老房。作为村庄的游子，作为家的象征，我和相伴了我二十多年的撑架，一同踏上返城的路途。

秋风里，撑架上系着的红布条不时飘荡。

061

盾刀

剁碎一盆红辣椒

这刀的形状有点特殊，刀面如盾如铲，长柄朝天。村人称之为盾刀。在故乡的方言词汇里，用盾刀将辣椒剁碎，习惯上叫作盾辣椒，此处的“盾”字又为动词。

村人嗜辣，无辣不成菜，无辣没口味。两天不吃辣，嘴巴就想得很。好在一年四季都能吃上辣，夏秋的时鲜青辣椒、红辣椒，冬春的腌盾辣椒、辣椒灰。嗜辣的习惯一旦养成，一辈子都甭想分开。

时光进入盛夏初秋，乌青的辣椒树常挂了不少红辣椒，油光红艳，尤为亮眼。采来的红辣椒，通常会放在阴凉的地上晾着，这样一连凑几天，能凑上一两箩筐，或者挑到圩场去卖了，或者就自家腌成盾辣椒。

腌盾辣椒，自然离不开瓦瓮、盾刀和木盆。在很长的岁月里，我家的洗碗盆是木盆，结实，沉重，外面上了两道铁箍，已经锈蚀严重，红漆皮子也掉落得斑斑驳驳。盾红辣椒之前，母亲先把瓦瓮和木碗盆洗干净，晾晒干。红辣椒自然也要清洗一番，用筲箕装了，滗干水分。木盆放在地下，红辣椒倒入木盆，从门后取了长柄盾刀磨利刀锋，盾辣椒便开始了。

“咄咄咄咄咄咄……”盾刀盾辣椒和盆底的声音，匀称，急促。盾辣椒通常是母亲干的活。先是乱盾一通，将红辣椒盾烂，把四周边缘整个的、大块的红辣椒扒拉到盆中间盾。后是有规则地细盾，或横或直，细细地盾过来，又细细地盾过去。如此往复，直把辣椒皮盾得细碎均匀。我觉得很有趣，常常从母亲手中要了盾刀来，右手握着木柄，学着母亲的模样快速地细细地盾。盾好的一盆辣椒，红红的碎皮与黄黄的籽粒均匀拌和在一起，赏心又悦目，拌上盐，就直接装入瓦瓮腌起来。

腌盾辣椒实在是一道美味，从瓦瓮里掏一两调羹，就能吃上一餐饭。若是用来炒蛋、炒干鱼、炒田螺、炒泥鳅黄鳝、炒大肠，炒一切荤菜，都是无限美好，令人胃口大开。很多时候，我的母亲会在瓦瓮里放进豆角、茄子皮、冬瓜块、藠头，与盾辣椒一起腌，好吃得很。

我上中学住校的那些年，周末回家提一两个罐头瓶子的腌菜，要吃上一星期，长年累月，差不多都是如此。

腌水萝卜，也是村人的习俗。在深冬，白白胖胖的萝卜长得娇嫩，是这个季节的家常菜，腌水萝卜也正当其时。如同盾辣椒一样，腌水萝卜也要将洗净的萝卜装进木碗盆，而后用盾刀盾碎，盾成指尖大的碎粒，晶莹剔透。放少许盐和匀，即装入瓮中腌着。腌好的水萝卜，水嫩嫩的，味道微酸。水萝卜炒荤腥时，放上腌盾辣椒，色香味俱全，奇妙无穷。

有了好菜，更能勾起男子的酒虫，不比平素多喝一两盅，怕是欲罢不能的。村中男子善饮，据说喝了酒，干农活更有劲头。没有酒会想得很，想得流口水，想得有气无力。因此，在暮秋挖了红薯之后，每一户人家都会先洗几担红薯，用盾刀盾碎，装入比大半个成人还高的圆腹广口大瓮，加入自制酒药，密封，用以发酵成酒糟，日后蒸馏出红薯烧酒。

不过，盾红薯可没有盾辣椒、盾萝卜有趣，原因是要盾的红薯太多了。盾红薯不用木盆，就直接在谷箩筐里盾剁，需站立，双手握着盾刀木柄，用力盾。红薯个大坚硬，又多，盾碎半箩筐红薯很费劲，且要防范一不留神把箩筐给盾破了。盾几担红薯，需要一家人轮番上阵才吃得消。通常，我的父亲乐于干这活，因为这关乎他未来一年酒虫的深浅。

有好些年，村人建瓦房流行“金包银”，即外墙用火砖，里面隔墙多使用土砖，这能减少建房的经济成本。打土砖多选择盛夏，烈日炎炎，容易晒干。土砖晒得半干半湿时，要翻身，立起来。这时候，盾刀派上了用场，其功用相当于剃头匠的刮须刀，铲修土砖底面黏附的杂草、沙砾及边角。经过盾刀修整的土砖，方正整洁，清清爽爽。继续晾晒几天，再码放成墙成行，盖上稻草或薄膜，以避雨淋，直到干透待用。

油糍粑灯盏

炸出香脆的油糍粑

这名字有点古怪。

小时候母亲告诉我这个器物的名字，我心里就一愣一愣的。几十年过去了，每每琢磨这个名称，还是一愣一愣的。油糍粑，是我家乡一种用米浆炸的美食，圆圆的，薄薄的，菜碗口大，金黄，嘎嘣脆，喷香。灯盏，则人所共知，是那个时代农村的照明用具，散发着浓重的煤油气味。油糍粑和灯盏这两个各具内涵的名字一组合，则既非油糍粑，更非灯盏，乃是用来泡油糍粑的一个铁质小模具。其形状仿佛一个“乙”字，上面是木手柄，下面是一个浅浅的小铁盘，铁盘的一端长了个比筷子尖还细的“蝌蚪尾巴”，折进木柄。整个看来，油腻腻，乌黑。

那时永兴县号称油茶大县。我的家乡八公分村，放眼所见，漫山遍野都是茂密的油茶林。采摘油茶果后，已是冬季，洁白的油茶花怒放，仿佛漫天的飞雪。于今想来，真是令人神往。

在我的家乡，用茶油炸油糍粑的过程，叫作泡油糍粑。一年里，若非有特殊的喜事，每一个家庭，一般只在过年前泡一次油糍粑。泡油糍粑，需要先把糯米和黏米按适当的比例混合，浸泡，到石磨上推成米浆。之后，在灶里添一炉新炭火，放上大油锅，倒入小半锅新茶油。火焰熊熊，锅里茶油发红翻滚，屋内外飘荡着浓郁的新油茶芳香。这个时候，取出洗净擦干的油糍粑灯盏，从大脸盆里舀一小勺米浆，倒入油糍粑灯盏，一摇，米浆便均匀摊满油糍粑灯盏，浸入油锅。顿时，锅里哗哗翻滚，热气蒸腾，油点飞溅。不一会，一张泛白的油糍粑脱离油糍粑灯盏，漂浮在油面上，在热油的翻滚下，在锅内移动，吱吱作响。再又重复同样的程序，直到锅内漂满了油糍粑。拿筷子一块一块夹了，不断翻转，油糍粑的颜色逐渐变成金黄，铁丝捞箕捞上来，弹弹油，倒入团筛、米筛。这样的工序，费物、费时、费力，成本大，尽管人人喜欢，村人却不常吃。

母亲泡油糍粑的时候，我们围灶而坐。母亲只允许我们看，不许我们动手，也不许我们多嘴多舌。她说，上油锅是好事，会有油神到家里来，要恭敬，要讲好话。她生怕我们讲了不好的话，因此事先就会告诫我们，最好少说，闭嘴。

为了犒劳一家人，安抚我们的嘴巴，母亲往往会先泡几块蓬油糍粑。所谓蓬油糍粑，就是把新鲜的猪肉剁碎了，和上盐、葱丝，拌成肉馅，先舀一小勺米浆倒入油糍粑灯盏过一下油锅，随即铺上一层肉馅，又过一下油锅，再淋上一小勺米浆，浸入油锅，炸成一块厚厚的、金黄的、蓬松的葱肉糍粑，满屋异香。蓬油糍粑炸成，母亲先夹一块放入碗中，双手举过额顶，到神台前敬神。过后，我们一家人才大快朵颐，太香、太好吃了！

这样的时刻，每年只有一次，且多在夜里。吃过蓬油糍粑，母亲打发我们上床睡觉。她一个人独自坐在灶台边，一勺米浆，又一勺米浆，慢慢泡油糍粑，往往要到天明。

不同的年份，母亲泡油糍粑

时，在最后所剩的不多的米浆里，往往添加一点芝麻，或者黄豆，或者花生，或者削一两个红薯切成方形的小粒，拌和均匀，做成芝麻油糍粑、豆油糍粑、花生油糍粑，或者红薯油糍粑，更是不错的美味。

母亲是2001年去世的，尚未满70周岁。这之前，家乡的油茶树逐年减少，荒芜，火烧，刀砍。村人的茶油产量连年减少，很多家庭以至于无。尽管这样，因为父亲的看管，我家在村前的那片油茶林还是保持得好好的，每年都还能产出百十斤茶油。我们每年都能吃上母亲泡的油糍粑。母亲去世后，我们再也没有吃到过用新茶油泡的油糍粑。

2005年端午节后十天，父亲去世。此时，我们家这片作为整个村庄最后也最好的油茶林，已毁于不久前的一场清明山火，烧得干干净净。村庄维持了百年之久的油榨坊，也在不久后拆毁。周边的山岭成了秃子的毛发，稀稀拉拉。

油糍粑灯盏在八公分村或许还有，只是我已多年不曾看见。

069

砂罐

熬一罐苦涩的汤药

我有记忆的时候，家里就有一只熬药的砂罐。乌黑，粗粝，罐壁厚而多砂眼，却不漏。鼓腹，上口能搁大汤碗，有一个尖凸内凹的嘴子。嘴子正对面的颈腹外壁上，有一个耳郭状提手。

母亲在世的时候，遇着伤怀的日子，就会抹着眼泪给我们讲述那个早夭的哥哥二生。“头罐药喂下去，口吐白沫，不晓得作声了。以为对了症，又熬第二罐喂下去，腿蹬了几下，像蚂蜗（蛙）一样，死了。”

母亲说，她的这个大儿子是子女中最聪明的，长相也很好，九个月大，就能扶着墙壁走路，从村口找回家，能叫娘。三岁那年，二生病了，母亲和父亲抱着，辗转周边远近的村庄寻医问药，可是都没有好转。最后，病急乱投医，在离我们才一里多路的下羊乌村，找一个姓黄的土郎中，开了三副草药。按照医嘱，一副草药熬两罐。谁知回到家，头一副汤药还没喂完，可怜这聪明的孩子，被庸医开出的药方当场给药死了。这是母亲的至痛。在我年少的时候，有时母亲看到与二生同年出生的男孩，已是成家立业，喜事连绵。她会羡慕得扯了衣角擦拭眼角，轻轻叹一口气说："要是我二生在，也这么大了。"即便在她晚年，在她行将告别人世间，偶尔说到二生被药死的事，依然眼圈发红，泪水零落。

我是母亲将近四十岁才生下的，作为她最小的子女，也是家中唯一存活的男孩。母亲说，我的童年也是病痛特别多，让她操碎了心。一岁的时候，我的右侧脖子上生了一个疡子（照现在看来，估计是淋巴结核），越长越大，像一枚鸭蛋，天天哭闹不止。两年多时间，父母带我看过诸多的乡村土中医，吃过无数汤药，却一直没有效果。后来父母都灰心了，只能听天由命。有一天，家里病死了一只公鸡，母亲把鸡肉炒熟了，放在碗柜里。没曾想，在他们不留意之间，竟被好动的我偷了一个鸡腿吃了，这下母亲着急坏了。果然，当天晚上，我脖子上的大疡子又红又肿，哭闹难安。第二天一早，母亲看了一下，发现疡子表面中央有一处指头大的脓点。她用手指一抠，恶臭的脓水喷涌而出，足足接了一饭碗。疡子消退了，形成一处大凹陷。母亲索性把剩下的公鸡肉也煮给我吃了。我的脖子又出了一些脓血，奇迹般好了，留下了一个鸡蛋大的疤痕。

母亲说，我童年实在太不好养了，病痛特别多。我至今仍清晰记得，小时候，我常病恹恹伏在母亲的肩膀上。她背着我，穿过水稻碧绿的田野，到两里路外的大队部看中医。然后提了几副黄纸包裹的中药，又背着我回家。

母亲熬中药的时候，柴火上的砂罐口热气腾腾，散发出浓浓的药味。她站在灶台边，手里拿着一根竹筷，不时在砂罐里搅动，朝着涌出来的泡沫吹气，以免药汤溢出来。熬好了汤药，母亲倒入饭碗里，黑乎乎的一碗。这时，我的哭相就不由得上来了。这奇苦的汤药难以下咽，我常不肯喝。母亲就一面反复好言劝慰："崽啊，洽（方言，喝）了就好了。"一面找出一块黑乎乎、硬邦邦的红砂糖，塞到我嘴巴里，要我先咕嘟喝一大口，再咬一点糖嚼嚼。望着母亲忧郁的眼神，我只得硬着头皮喝下去。

每次熬完汤药的药渣子，母亲按照习俗，倒在村巷子里，零星的一大片。她希望借助过往的人和鸡鸭猫狗的脚印，把我的病痛带走，让我快快地恢复健康，平平安安，开心活泼。

一年里，这个砂罐，也会带给我们姐弟高兴的事。端午节，我们的生日，家中有了喜庆之事，母亲用这个砂罐放了清水，煮上成双的鸡蛋鸭蛋。煮熟后，筷子夹出来，染成红色。有时，母亲还会把两枚红鸭蛋装进红绳套子，系在我们的衣扣眼上。我们胸前如同佩戴了鲜艳的大红奖章，幸福溢满笑脸。

汤罐

好一罐鲜香的猪肉汤

临近过年的那几天，杀家猪的人家天没亮就兴师动众了，整个村庄都能听到此起彼伏的猪的号叫声。

一头从年头养到年尾，吃下了无数筐猪草、菜叶、红薯藤、萝卜菜，又吃下了难以计数的米糠、红薯酒糟甚至红薯和稻米的家猪，终于长得眯眼如缝，毛色光亮，体壮膘肥。正是农家辛苦了一年的好盼望。

烧水，杀猪，刮毛，剖边，摆上案桌，这时天已大亮。没杀家猪的人家，大人们提了篮筐陆续来了，于喜悦笑谈之中，按早前预定的大致斤两砍肉，掏出一卷票子，指尖粘了唾沫星子，一张一张拧开，数钱，付钱，或者歉意地表示先赊欠着。先来后到，个个满意地提了一篮筐肉回家。

村庄的汤罐，这时候都陆续派上了用场。

与熬药的小砂罐相比，汤罐其实是放大若干倍的砂罐，一样的质地，一样是乡村土窑烧制的粗陶，粗粝，乌黑，砂眼密布却不漏。因其高大，能放进若干个砂罐，故其罐壁更厚实，两侧有一对耳郭状提手。

正如其名，在八公分村，汤罐的功用单一，就是用来熬汤，并且是用来熬肉汤。一年中，够得着用汤罐来熬肉汤，也就只有过年前后的那段日子。其余的日子，在那个慢节奏的农耕时代，庄户人家能有几次吃肉的机会呢？

我家的汤罐长年累月放在碗柜的顶板上，大口朝下，伏着。临近年关的前几日，过年的猪肉已经备办好，母亲把这个从年头清闲到年尾的汤罐端了下来。在门口的水圳边，母亲用稻草球擦洗汤罐，里里外外，直到已无尘垢，干干净净。

熬肉的那天，母亲生了炭火，家里暖意融融。村巷里，不时响起几声零星的燃放单个鞭炮的声音，或者用铁锤敲打从红炸药纸上抠下的一粒黄豆般的炸药的脆响，过年的氛围日渐浓了。

我们围灶而坐，成了看客。母亲脸上洋溢清浅的笑容，一个人在灶边忙碌。她先是把肉摆在灶桌上、砧板上，皮子朝上，一一排开。待插在炭火里的烙铁烧红了，拔出来，烫在猪肉皮子上。顿时，皮子卷曲发黑，满屋子都是猪毛的焦臭。烫过毛的猪肉，母亲用磨好的菜刀，刮去油乎乎的黑垢，在盆里清洗干净，切成菜碗大的方块，一一放进汤罐。

汤罐的清水盖过猪肉，上面漂着油花。火焰熊熊，在汤罐底的四周扯着蓝色火苗。汤罐里的水温了，散发热气。不多久，汤水沸腾，咕咕有声，翻着白沫，热气浓浓，肉香弥漫。母亲掌握着火候，待筷子能插进皮肉，穿透，这一汤罐猪肉算是熬好了。成块的猪肉，母亲夹出来放在抹干的盆子里。待上了油锅，一一抹上红薯酒和酱油的混合液，炸成酱红的油炸肉。这一汤罐新鲜的肉汤，母亲放了盐，敬了祖先，给每人舀上一饭碗喝。肉汤清亮，漂一层光闪闪的油花，香气浓郁，鲜美无比。

第二天早上，冷却后的汤罐里，封着一层白晃晃的猪油。母亲拿菜勺妥了，装在油罐里，菜碗里，用来炒菜。肉汤已经成冻。在此后的几天，煮米豆腐、煮红薯粉条、煮肉、煮鱼，乃至煮白菜、煮萝卜丝，都是放一勺子肉汤代水，味道妙极。

那时的春节，人情味浓厚。来了客人，往往邀请族亲长老和近邻来作陪。备办“十大碗”，开席头碗是烩菜，接下来是诸如白饭豆煮精肉、炒猪肝、酸辣大肠、油炸大团肉、肉丸子、油豆腐、剁椒鱼块，等等，全是下酒下饭的好菜，碗大量足。为办好这一席菜肴，一家主妇往往事前洗了汤罐，从腌肉缸里拿出一大块油炸猪肉和一碗油豆腐，熬半罐滚汤。煮菜时以汤代水，又快又好，口味更佳。

本乡有一句俗语，生女儿亦戏称“生了一个汤罐”。意思是，将来女儿出嫁了，女婿年年都会送来猪肉年菜，能熬一汤罐肉汤喝。

出了元宵节，热闹、富足又闲适的春节宣告结束。过年的猪肉也差不多吃光了。汤罐洗干净后，又回归到它的日常位置——碗柜顶板，在烟火岁月里，等待着下一场盛宴。

076

油盐罐

也曾缺油少盐时

说起油盐罐，先是惧，后是亲。

故乡的地形有点意思，周边是一圈起伏的高山，锯齿般围着中央的田畴和几抹青砖黑瓦的房舍。一条江流跟随两岸的深树，蜿蜒着从南面的锯齿间爬进来，又从北面的锯齿间溜走。这盆地之中，还另有一座兀自独立的圆岭，椭圆，低矮，平缓，生长着茂密的油茶树和山苍子树。这圆岭，又名虎形山，据说是一处风水宝地，其西面一坡，密密麻麻，都是坟茔。

我尚未上小学的时候，有一年，全村男女老幼，整天扛着镰刮、镢头，挑着筛子，在村东的山脚下挖土方修公路，恰好经过圆岭的西坡，那些古老的墓葬被挖得七零八落，残损的墓碑，朽坏的棺木，随葬的油盐罐，泥土里夹杂的石灰渣子，触目惊心。有主的，后人捡几根骨头放在旧瓮里另找地方埋了；无主的，则随意丢弃或被泥土掩盖。

公路通了车，偶尔会有解放牌汽车和大型拖拉机驶过，老远就吼叫着，冒着黑烟，引得村人站在村前驻足张望。若是过了一辆甲虫状的绿皮包车，好几天都会成为村人的谈资，猜测着里面坐的一定是个大官。我们那时经常过了江上的木桥，来到圆岭捡柴。只是看到公路边坡上那些尚未完全挖出来的棺木的残骸、石灰残渣、乌黑的油盐罐，就不免深怀恐惧。

人去世后，入棺时在其身体两侧各放一个油盐罐，是本乡的风俗。这样的油盐罐是单个的，比拳头略大，陶泥烧制，乌黑，圆形广口。里面各象征性装入油盐茶米若干，红布封口，所谓左粮右仓，是带往阴间的粮食。另一说法是，数十上百年后，棺材骨头已腐，泥土里唯余油盐罐和白石灰的痕迹。倘若坟墓已与山势同形，无法辨认，而恰有后人在此开挖新穴，发现有油盐罐及石灰遗痕，则知此处曾葬过先人，须另择新址。

因了这样的缘故，我们在野外偶尔看到那些阴气重重的油盐罐，是视为不吉之物，需避而远之的。不过，童心往往就是那么怪诞，明知是害怕之物，在村人去世入棺之时，我们却怀着忐忑，趋近围观那一对红布封口的油盐罐。

油盐罐其实是每个家庭的寻常之物。与陪葬的所不同的是，家用的油盐罐通常是两只罐体烧结粘连在一起，两个圆圆的广口，就像一个横躺的“8”字，一只是油罐，一只是盐罐。两只罐体的粘连处，凸起一孔指环，用于提放。年复一年的猪油茶油浸润，油盐罐呈紫黑色，油滑发亮。

小时候，我们吃的是粗盐，粒粒可数，如破碎的冰糖。供销社在江对面的油市塘村，那是个很小的村庄，只有一条青石板小街，两面是吊脚楼瓦房，是周边村庄往来行旅的必经之地，树林密布，古木参天。日常里，村人来供销社多是买煤油买盐。煮菜的时候，有的盐粒甚至融化不了，偶尔吃到嘴里，咯嘣一声，咸得要命。那时我们上学读书，午休回家吃饭，没有菜时，母亲就在生了柴火的菜锅里放一调羹猪油，放一点盐，装一碗饭倒进去，一顿翻炒，就是喷香的油盐饭。装入碗中，我是几口就能扒拉完，只是常吃到苦咸的盐粒子。

村人平素喜欢吃猪油，香，能治肚荒。只有在煎炒鱼虾、泥鳅、黄鳝时，为避腥气，才用茶油。那时家家户户几乎都养猪，杀猪的时候，板油会自家留下来，炸成猪油，装入油瓮。冬春季节，气温低，猪油板结成白色的油脂。每次油盐罐里的猪油吃完了，便到瓦瓮里舀上几调羹。煮菜的时候，看着一团雪白的猪油在火焰熊熊的锅底融化，噼啪炸响，一股油香飘入鼻孔，腹中的饥饿顿时又增加了三分。

村庄周边的山岭生长着茂盛的油茶树，茶油是本地一项主要出产。只是每年打的新茶油，村人大多卖了，真正留下自家用的，不过是半油瓮而已。新茶油色泽金黄，奇香，过年炸年货非它不行。茶油能够经年收藏不坏，因此，当猪油吃完之后，油盐罐里就换作了茶油。茶油还是化瘀消肿的良药，村庄的孩子常常磕磕绊绊，磕伤了，磕破了，用手指从油盐罐里沾一点茶油，一番涂抹，就无大碍了。

有的年份歉收，四五月间青黄不接的时候，村庄不少人家已无余粮，甚至油盐罐都已空空。每日三餐，常能看到神情忧郁的主妇们，拿着团箕或升管，向左邻右舍借米，或提着油盐罐，借盐借油。实在想不出办法，煮菜烧光锅也是常有的事。

写到这里，我的眼前又浮现起母亲忧郁的面孔，和她手中那个空空如也的油盐罐。

水缸

盛满清冽的井水

我上初中之前，我家一直居住在大厅屋一角的两室一楼。这栋青砖黑瓦的老房子，年岁已久，在我的印象中，就一个“黑”字了得。墙壁是黑的，瓦是黑的，门窗是黑的，楼板是黑的，屋梁是黑的，屋角落是黑的，鼎罐、锅子、灶台、碗柜全是黑的，水缸里的水感觉也是黑的。从亮晃晃的外面回来，一进屋，眼前顿时一黑。要稍稍适应，借着小木窗里照进来的光，才渐渐由模糊而明晰起来，不过依然还是一个字——黑。

前室为灶屋，后室为卧房。由卧房上楼，木楼板上摆满了坛坛罐罐、谷廒木柜，以及一大堆干柴。我家的水缸就在灶屋进门的地方，紧靠着与邻居共用的隔墙，推开的黑门扇刚好能够避免触碰。水缸是一个广口仄底的圆形大瓦缸。缸口挨墙搁置了一块长木板，一尺宽许。板上面放了两个浅底大瓦钵，一个钵里是大竹筒水勺，另一个钵里是小竹筒水勺，竹片勺柄修长。儿时，我们相互间常猜一个谜语："喜鹊尾巴长又长，白日洗澡，夜里歇凉。"谜底就是竹筒水勺。一年四季，水缸处的泥地面总是潮湿乌黑的。

每天早上起床后，我的父亲或母亲，就会挑一担木水桶，到村前柏树下的老井挑水，一桶一桶提了，哗哗倒入水缸。如此反复挑两三担，水缸就满了。挑水的时候，水缸地上会积水，光着脚板，能感觉到水渍从脚丫子间渗出来。夏秋之间天热，泡茶、煮饭、洗碗、洗澡，水用得多，傍晚收工回来，还要挑一两担井水。平日里，我们惯于喝生水，口渴了，拿了小竹筒水勺，舀一勺子水，咕嘟咕嘟一番牛饮。

小时候我爱打架，在村里是出了名的。我的小名叫鼎罐，是接生婆婆给取的，说我一出生就饭量大，她笑称能吃完一鼎罐，从此就有了这个名号。我爱吃大饭，自然力气也大，打人也重手重脚。每当村巷子里响起了哭叫声，村人说，多半又是鼎罐打架，把人打哭了。挨了打的同伴中，也有不少嘴硬又赖皮的，比如永红，他的小名叫砂罐，我们碰到一起，玩着玩着就打起来了。以至村人常取笑他："你是砂罐，他是鼎罐，砂罐怎么碰得过鼎罐？"

“砂罐”有一个绝招。每逢跟人打架输了，他便号啕大哭，鼻涕横流，双手从地上抱一块砖头，就要去别人家砸水缸。越是阻止他，他哭闹得越凶，只得又打他。他更加拼死拼命，大声嚷嚷要砸水缸，号啕着，拖都拖不住。有几次我跟他打架，他硬是震天动地磨蹭到我家门口来了。而保卫我家的水缸，是我的底线。这时候，我心里其实很害怕，万一他砸了我家水缸，那就不得了。好在每次我的母亲能及时从屋里出来，好言细语劝慰他，一面拿下他紧抱着的砖头，顺手给我几巴掌，甚至几柴火棍子。母亲笑着对“砂罐”说：“我给你兜盘子。”说着便进了屋。“砂罐”的哭声也渐渐小了，站着不动，一大群人围观。母亲端了暗红色的小木圆盘出来，抓了盘子里的花生，一把一把，兜进“砂罐”的衣裤口袋，鼓鼓的。“砂罐”获得了赔礼道歉，哼唧哼唧，走了。

砸水缸的绝招，耳濡目染，顽童们都无师自通。家有调皮捣蛋的男孩，家长们难免都要或多或少给砸上门来的泼皮兜盘子。兜盘子成了本村乡俗。我也曾多次兜过别人家的盘子，我抱着砖头，哭喊着要砸烂人家的水缸。不过当时我心里挺害怕的，并不敢真砸。村里也极少听闻谁家的水缸真的被砸了。

临近过年，村里干塘分鱼。鲤鱼和鲫鱼生命力强，用桶子提回家，还是活溜溜的。我很喜爱这些大活鱼，母亲也有她的打算。我便捉了几条，放进水缸养着。只是养了鱼的水缸，水容易变脏，需常洗缸换水。春节期间，村人有做米豆腐的习俗，黄灿灿的，软嫩嫩的，切成拇指大的方墩，清水煮热，捞出装碗，加汤料，自己吃或待客，都是上好的点心。母亲有时从水缸里捞一条鱼，剖边切碎后煮汤，放上油、盐、豆酱、姜丝、葱花、辣椒灰，色香味俱全，浇在米豆腐上，实在是好吃得很。

我小时候据说运气低，经常吓着了。吓着了，照村里的说法，就是魂丢了，得喊回来。许多个黄昏，夜色已临，母亲挑了满满一水缸井水，点了灯盏。她把我叫到水缸边，让我双手扶着缸沿，低着头，看水缸里我自己的影子。母亲为我喊魂："清和（我小时的名字）嗷，你哪里吓着哪里来啊，鸡进窝了，鸭进栏了，你跟着妈妈到屋里来啊……"母亲反复地呼喊着，神情越来越悲伤，声音越来越凄厉。

这凄厉的喊声，至今仍萦绕在我的耳边，那么清晰。

过缸

出一线清亮的红薯酒

过缸这名字真是取得恰如其分。一个“过”字，宛如点睛，立时让这件瓦陶生动了起来，充满了流动感。事实上，村人在冬日里出红薯酒时，酒的蒸汽就是在看不见的过缸的隔层里流动、冷却，最后从嘴子流出一线清亮芳香的烧酒来。

过缸的形状与大小粗看与酒缸大略相同，倒立的圆锥体，酱紫色，广口仄底，内空光滑，广口大过菜锅盖，底平小如盘。细看则有明显区别：一处外壁的中上部，凸出一个两三寸长的陶管，内空，管径约三四寸；与其正对面的另一外壁底部，则凸出一个陶嘴子，三四寸长，嘴尖处能见一圆钉大的小口子。显然，这样的设计构思巧妙，于浑然一体之中，其实有内外两层陶壁，中间隔着一层薄薄的空间。

在八公分村，暮秋初冬之际，正是挖红薯的时令。以白皮红薯为主，个大鲜嫩，生吃甘甜。往年里，每户人家都要挖上十几二十担，有的则更多。村中男人常年爱喝红薯烧酒，这时候，酿制红薯酒，差不多成了家家户户的大事情。

记得我家曾有两个大红薯酒瓮，我们叫庞瓮，圆圆的肚子尤为庞大，落满了灰尘，差不多有成人的胸部高，小孩子站在里面能拳打脚踢。那些天，我的父母要洗数百斤红薯，在谷箩筐里用盾刀盾碎，分几大锅在洗净的潲锅里煮熟，冷却后倒入庞瓮，添加自制的酒药，捂盖好。经过多天的发酵，庞瓮里的红薯酒糟已经变了酱黑色，鼓着泡，有着浓浓的酒味。

蒸馏红薯烧酒，村人叫出酒。出酒需要一套专门的器物：过缸、酒甑和竹筒。这三件并非每户人家都有，不过，在偌大一个村庄，这样的器物肯定有很多，只要哪户人家出酒，或自有，或外借，绝对误不了事。

记忆里，出酒的日子，要么是下雨天，要么是大晴天。小时候，我家住在青砖黑瓦的大厅屋的一角，上下两厅，中间一个天井。厅屋里共有五户人家，每户都在厅屋的一角砌了一个煮潲的大砖灶，我们叫畹灶窝。每天早上煮潲的时候，五口大灶柴火烧得噼啪作响，厅屋里烟尘弥漫，从天井蹿上天空。不过出酒多是在煮过早粥，吃过早饭之后。

大粥锅自然已经清洗干净，加入了井水，红薯酒糟也一桶一桶从庞瓮里舀了出来，倒入大锅。看看大锅差不多快满了，双手用力提了粗重的木酒甑盖上。酒甑的木板厚实，用过多年后，已然发黑。过缸放在灶旁的一张矮桌或木架上，加满了凉水。地上放一只盛酒的坛子，坛口上面正对着过缸的瓦嘴子。为防止酒沿着嘴子下外缘滴淋，我的母亲往往事先拿一块干笋壳叶包裹住瓦嘴子，用细麻线绑扎，在嘴子口再塞进一根折成直角的小柴火杆子。过缸与酒甑的距离，恰好用竹筒连接起来，一端伸入过缸的陶管，另一端伸入酒甑壁上的圆孔。在铁锅与酒甑、酒甑与竹筒、竹筒与过缸的相连处，用新挖的黄泥巴加水捏油滑了，严实地糊住缝隙。所有这些准备工作做好，我的母亲便拿了一条小矮凳，坐在灶门口，开始生火。

出酒是非常耗干柴的，需要大火烧个不停。为此，蒸酒之前的一段日子，就要从山上砍割荆棘野树小叶蕨，一担担挑回来，放在屋旁的空坪上晒干，晒得枝叶焦红。柴干火烈，灶膛里火光熊熊，红红的火焰从灶门口舔出来，青烟腾起，火星飞溅。母亲手拿长木叉，不时往灶里添柴，在灶膛里搅动一番，柴火燃得越加兴旺。

过缸里的凉水渐渐冒出了热气，袅袅绕绕。空气中也渐渐有了酒香。突然，一声清亮的滴落声响起，一股晶莹剔透的酒液从过缸嘴子里流出来，沿着折断的小柴火杆子，笔直地落入酒坛。这时，我的父亲母亲脸上都露出笑容。父亲拿来一只白瓷调羹，接了满满一调羹酒，送入嘴巴，美美地喝下，咂巴着嘴唇，连连说：“好雄！好酒！”我的母亲也会站起身来，接一点酒抿抿嘴巴：“嗯，好酒！”有时，我也忍不住学他们的样子，接一点酒尝尝。可是我并不能识别这是不是好酒，只觉得又辣又烈，喉管犹如火燎。

出酒的时候，过缸里的水热得很快，需要不时舀出来，再换上凉水。于是，左邻右舍，有需要热水洗衣服、洗被子的，就提了桶子来装热水，并在我父母的热情邀请下，拿了那只白瓷调羹接点酒尝尝，笑意盈盈夸赞一番：“好雄！好酒！”

出一次红薯烧酒，一锅一锅，往往要连续两三天。家中的一个个酒坛，都装得满满。这是我父亲之后一年的珍爱，为此，他总是笑容满面。

腌菜瓮

酸酸咸咸家味道

这辈子定然是离不开腌菜瓮了。

尽管按照所谓科学的讲法，腌菜吃多了，于身体无益。不过，自小养成的饮食习惯，无论走到哪里，离家乡有多远，都难以改变。因此，三两天没吃上家乡风味的腌菜，就想得很。有时常年生活在口味殊异的异乡，就干脆从家乡带一两只腌菜瓮来，自己腌制四时菜蔬，自得其味，自得其乐。

在我儿时的故乡八公分村，腌菜瓮也叫响水瓮。那个时候，我的逼仄的青砖黑瓦的木板楼上，拥挤地放着各种坛子和瓦瓮，一律落满了灰尘。腌菜的响水瓮自然是不少，有大的，有小的，鼓着胖萝卜肚子。瓮颈上围一圈外伸的瓮唇，向上翘曲，唇里积着一圈静水。一只瓦钵状的瓮盖，倒扣下来，盖在瓮唇上，盖住中央凸起的圆柱状的瓮口子。这些装了腌菜的响水瓮，偶尔会从静水里鼓出一个气泡来，咕嘟响一声。或许，这正是它得名的缘由吧。

阳春三月，满眼葱绿，百花盛开。经过一个长冬和春天，瓮里的腌菜已然不多，有的瓮更是空空如也。这个时候，菜园里的大青叶菜，我们叫风菜，开始长薹开花，大头萝卜也已壮硕成熟。砍风菜、挖大头萝卜，是这段日子村人的重要农活。家家户户，挑着一担一担的风菜和大头萝卜，在溪边，在圳边，在江边，在池塘边，慢慢清洗，摘叶，削根，刨萝卜皮。之后，水灵灵的萝卜，晾晒在溪岸江岸的草地上，空空旷旷的禾场上，长长短短的竹篙上，明晃晃的太阳底下。

晒蔫的风菜秆子，翠绿，肥厚，切成段，巴掌大小，放盐揉搓后，满满地腌进响水瓮。白白圆圆的大头萝卜，则切了缨子。缨子腌成略带酸味的水腌菜。萝卜切成拇指厚的均匀薄片，像白豆腐，撒满大簸箕、大团箕，再晒一两天太阳，就能搓盐入瓮。在此后的两三个月里，这些腌菜是村人日常三餐的重要菜肴。尤其是在农历四五月间，青黄不接，应季的菜蔬也还没有长成，那段难挨的日子，幸亏有了这大瓮小瓮的腌菜。这个时候，倘若家中还剩有红红的辣椒灰，又甚或是霉了小半缸的黄豆酱，把腌风菜秆子和大头萝卜一拌和，红红辣辣的，香喷喷的，咸咸脆脆的，还真是让人馋涎欲滴的佳肴。

进入盛夏，村庄的菜蔬丰盛起来，苋菜、辣椒、茄子、苦瓜、南瓜、冬瓜、水瓜、长豆角、蛾眉豆、西红柿……菜园里、田埂上、溪岸边、房屋旁，到处绿意盎然，瓜菜盈盈。不久，新鲜的红辣椒一天天多起来。主妇们又忙碌开了，摘红辣椒，洗红辣椒，用盾刀盾剁一木盆一木盆的红辣椒，加了盐，放进一个个洗干净又在太阳底下暴晒过的响水瓮。村人嗜辣，腌辣椒无论是直接掏一碗做菜，还是炒蛋、炒鱼虾、炒泥鳅黄鳝、炒田螺、炒鸡鸭、炒豆腐、炒猪肉，无不是美味，因而总要尽可能多腌几瓮，以备未来一年之需。腌长豆角、腌茄子、腌冬瓜，也正当其时。这些时新的腌菜，只要与腌红辣椒一拌和，色香味就全出来了，要辣有辣，要脆有脆，要软有软，好吃得很。

当嫩嫩的仔姜从土里挖出来，当紫红或者浅白的八月豆成了村庄大碗里的常菜，树叶黄，秋渐深。挑一两个掏浅了的腌辣椒瓮，放进去一盆切好的仔姜，或者晾晒过的八月豆，充实一下响水瓮，也是断然少不了的。

冬季说来也就来了，晚稻收割后点下的萝卜种子，再次将广阔的田野装扮得碧绿如春。村谚说，一夏一秋在身体里积攒的热毒，要一个冬天的萝卜才能消解。在漫长的冬季里，萝卜白菜也就顺理成章成了村人最主要的菜肴。天是一天比一天冷了，灶里的柴火从早到晚不再停歇。在日复一日消闲的日子里，原本丰盈的响水瓮，也渐渐空了。

萝卜却长得越来越茂盛，青叶长长，萝卜白胖水灵。天天拔，人也吃，猪也吃，还是吃不完。这自然难不倒手巧的主妇们，挑了个又大又长的，水嫩嫩的，剖边，切条，放在灶上的烘笼里，烘成一扎扎干乎乎的萝卜条。干萝卜条装进薄膜袋子，密封好，能长期保存。村人常把它腌入辣椒瓮里，做成腌萝卜条，吃起来红红辣辣，咸咸脆脆。又或者空出一两个腌菜瓮，刷洗干净，把挑选好的萝卜倒入木盆，盾刀盾碎，直接加盐装瓮，腌成水嫩嫩微微酸的水萝卜。这样，到来年春暖花开，阳春三月，一家主妇，就能细水长流，从楼板上的大大小小的响水瓮里，掏出一碗碗她所需要的内容来。

在我上中学的那几年，离家远，需要住校。每个星期六的下午，提两个空空的罐头瓶子回家。星期天的下午，再提两罐满满的腌菜，有时扛一袋米，返回学校。两罐腌菜就是一周里每餐的菜肴。

故乡的腌菜瓮，见证了我的成长，给了我一生不容更改的口味和怀想。

第 三 辑

起居篇

094

扫帚

家里家外洒扫干净

三伏盛夏的日子，也是做高粱粑的日子。

一条石板小路，像看不到头的大蛇，朝村庄南边的山脚游去，弯弯曲曲。与之相伴的，也是游蛇般的一条水圳。在晴朗的夏日早晨，童年的我，经常跟着母亲去一个名叫丰产庙的地方。这里并没有庙宇，只是一片开阔的旱土，也有不少村人的菜地。这是我们村庄的最南边界，石板小路穿过这片旱土，就游进了别人的村庄。水圳却在此汇入村前的清江。

夏日的这片菜地，色彩斑斓，生机勃勃。除了辣椒、茄子、豆角、南瓜、冬瓜、苋菜，诸般日常菜蔬之外，还有开着黄色圆盘大花的向日葵，成片的红高粱。高粱穗又长又大，籽粒圆润饱满，沉甸甸的，压弯了高高的茎秆，看着叫人喜爱。母亲常会拿镰刀，挑了成熟的高粱穗子砍下。我则寻找甜味足的高粱秆子，砍成一截一截，嚼得津津有味。

高粱穗子挑回家，铺在禾场上晒干，或者一扎扎挂在墙钉上风干。晒干或风干的高粱穗，用洗衣的木杵敲下籽粒。母亲隔一段时间，会量三两升红红的高粱，浸泡后，到碓屋里捣成粉，蒸高粱粑。刚出锅的高粱粑，紫红，糯软，是夏日里村庄的一道美食。凉硬后的高粱粑，变成紫黑色，用油煎了来吃，更香。去籽后的高粱穗，成捆绑扎起来，存放于楼上，在往后的一年里，可随时拿一些下来，扎成高粱扫帚。

我的父母都会扎扫帚，每当此时，我常站在旁边观看。扎扫帚只需一人即可，先是用锋利的镰刀把高粱穗金黄光滑的圆秆子一律削去半边，苎麻绳子紧紧缠绕在洗衣木杵的中间。绑扎时，俯身站立着，双脚踩在木杵的两端，扯出苎麻绳头缠绕在一小扎高粱穗上。高粱穗一小扎一小扎横着添加，每添加一次，双脚要放松一下，木杵转动着，抽出一段绳子。然后踩住木杵，双手横握逐渐成形的扫帚柄，往上拉，绷紧绳子。再一圈一圈向下转动扫帚，绳子便密密斜斜地在扫帚柄上勒出一圈圈深痕。如此反复，一个高粱扫帚才最终扎成，扫帚柄大如手臂，被绳子紧紧缠绕捆绑着，结实，笔挺。扎好的扫帚，用柴刀将帚柄顶端砍整齐，削尖一根小指粗的木棍，从圆圆的截面中心竖着打进去，扫帚柄便更加坚硬，好使。有时，父母也会扎一两个微缩版的小扫帚，是用来清扫石臼，或捣米粉、捣高粱粉的。

村中有人扎扫帚的时候，我们一帮小孩经常做高粱风车玩耍。取一小段削成两半的高粱秆，用一枚大头针在其正中插一个小孔，与一根去了穗子的圆高粱秆连接起来。然后裁两小片同样大小的方形白纸，用饭粒反方向贴在横秆的两端，一个风车就做成了。手握长秆迎风奔跑，纸片带动横秆飞快旋转，呼呼有声，宛如飞机的螺旋桨。

家里建新瓦房时，我已上初中。曾有好些年，我养成了每天扫地的习惯。尤其是寒暑假里，我早晨起床的第一件事，就是拿了高粱

扫帚，先把屋里每一间房逐一打扫干净，然后扫街檐，扫屋旁的小禾场。我家门口水圳边一段小路，我也要打扫得干干净净。清扫的灰尘，用木灰斗装了，倒在我家池塘岸边的橘树根下，或瓜藤的根部，做了肥料。我迄今有着良好的卫生习惯，做人做事干净整洁，条理分明，或许与此有关。

家里还另有一种高大的竹扫帚，是用竹枝子扎的。竹扫帚笨重，使用时需双手握着，主要用于特定的清扫。比如晒谷时，扫禾场，扫谷子；摘油茶时，扫晒坪，收茶籽。下雨、下雪时，清扫室外的地面，更是用得着它。只是我们村庄没有竹林，这种扫帚只能从圩场购买。

如今，这两种扫帚恐怕在村里都不大见得着了，代之以随时可从便利店买到的塑料扫帚。尤其是高粱扫帚，几乎绝迹。早在很多年前，村庄就没人种植高粱了，又哪来的高粱扫帚？谁还愿意学扎费力又麻烦的高粱扫帚呢？

搪瓷杯

喝茶温酒也装菜

搪瓷杯，村人叫挂杯，大约是因其有一个耳郭状的手把，能悬挂之故吧。

旧时村庄常见的搪瓷物件，一个是搪瓷脸盆，再就是搪瓷杯。搪瓷脸盆色泽鲜艳，盆内白底上大多印上红鲤鱼、“红双喜”、红牡丹一类的喜庆图画，盆外是一圈祥云或枝叶的彩色花纹，光滑洁净，看着就喜气。不过，在很多家庭还是用黑而粗糙的宽口瓦钵洗脸的年代，搪瓷脸盆在乡间也还是件奢侈品，多是娶亲嫁女时的嫁妆。在水井边端着崭新搪瓷脸盆洗衣洗菜的，不用说，大多数是新娘子。

搪瓷杯则普遍多了，这缘由不用说也知道，相比搪瓷脸盆，价格要便宜很多。

那个年代，把搪瓷杯当作奖品，恐怕是全中国上下各行各业的通例。其时，我正上小学，考试拿百分差不多是我的专利。每个学期放假时，学校在礼堂集合颁奖。台下是黑压压站着纵队的学生，台上桌子放着一沓奖状，还有本子、水笔、毛巾、文具盒、搪瓷杯之类的奖品。这些奖状和奖品，最终总有一份经由学校领导的手，交到我这个早已心潮澎湃的三好学生手中。那些年，我家门口的屋墙上贴满了一排排大大小小的奖状，家里也有几只写着一个“奖”字的或大或小的搪瓷杯，我的父母为此感到很是荣光。

我小时候似乎没有漱口的习惯，村里孩子大都这样，胡乱洗把脸就算不错了。我的父母漱口，也仅仅是双手捧一窝洗脸水，嚯嚯吸进口里，闭唇鼓腮，嚯啰嚯啰几声，哗地吐出来，如此三两次而已。因此，用搪瓷杯漱口，是比我大几岁的两个姐姐的新鲜事。

搪瓷杯在我们家，主要承担以下几项任务。

喝茶。我们家的人，除父亲外，都爱喝茶。一年三百六十五天，天天都要泡茶喝。茶叶是母亲自采自制的大叶土茶，泡的茶水呈酱紫色。夏日里，母亲要泡一大瓦钵茶放着，谁渴了，进屋拿搪瓷杯舀一杯，或对着瓦钵直接喝，咕嘟咕嘟灌进肚里。在寒冬，母亲常用一只大搪瓷杯在灶火上熬茶，热气直冒，茶水几乎成了黑色，喝起来，苦得咂舌。那只搪瓷杯，长久地烟熏火燎，黑雷公一般，几乎难辨原来的面目。

温酒。父亲不爱喝茶，但爱喝酒。一日三餐，餐餐不离酒。酒是自家酿造的红薯烧酒。母亲对父亲的喝酒有严格规定，不许多喝，一餐就一酒盅子。来了客人，过年过节，这规矩就会被打破，父亲会笑眯眯地给自己再增加一两酒盅也说不定，总之是喝得很开心的样子。冬天里酒冷，父亲用一只小搪瓷杯舀了酒，先放在红彤彤的柴火子上温热。一晃荡，酒在杯子里烫得吱吱叫，香气弥漫。

装菜。村里有老人去世了，就会在宗祠办酒席。出殡的前一天晚餐是看饭，主家会邀请村中所有曾在亡人生病期间看望过的村邻吃饭。那时的村人有情义，不是有世仇的，基本上家家都会探望一下，或买一斤肉，或买半斤糖，或买一瓶水果罐头，或拿几个鸡蛋、鸭蛋。因此每到吃看饭的这一餐，席面就要多排开十几二十桌。不过，参加吃看饭的，一家只能去一个人，约定俗成，一般都是主妇去吃。家家户户都有几个孩子，做母亲的又如何舍得把那些好菜吃下去？每到这时，这些妇人都会从自家带上一个大碗，或者一个大搪瓷杯。每上一碗菜，八仙桌上的八个人会将菜分成八份，各自装进自带的大碗或搪瓷杯。曾经很多个这样的晚上，当母亲端着一大搪瓷杯满满的收获回到家，我们姐弟都吃得津津有味。

于我而言，搪瓷杯更是适合装泥鳅鱼虾的容器。小时候我喜欢捉泥鳅，提着搪瓷杯下了水田，总会有不小的收获。春夏间，山上的覆盆子红得灿烂，一树一树，看着就诱人。我们也常常是端着搪瓷杯去摘，吃得手脸衣服上都是红色的汁水。

搪瓷杯经不起碰，掉地上磕一下，一块瓷就缺了，露出黑色的铁质。尤其是杯子的底部，最容易磕破。久了，磕破的地方生了红锈，慢慢就成了一个洞，漏水。我的母亲就扯一团棉花，一头拧尖了，穿过洞眼，扯紧，又能用上很久。有时破洞实在太大，来了补锅的师傅，拿去补上一块乌黑粗粝的铁补子。

我曾拿一个底部破了洞的大搪瓷杯发绿豆芽。浸泡了豆子，装在搪瓷杯里，上面用稻草捂上。每天早中晚，按时到水井边淋水。提起杯子，水一线一线从洞眼里射出来。渐渐地，豆子脱了壳，生了根，出了芽，越长越高。直到有一天，嫩绿绿的豆芽高出了杯口，拔出来，一根根修长、白亮，能给母亲炒一碗香喷喷的豆芽菜。

102

草席

新新的席子淡淡的香

村里妇人骂巷子的时候，往往脱口骂出这样一句恶毒的话来：“你个炮子打的！黄狗婆拖的！席子裹的！”愤恨之情，句句欲诅咒对方于死地。

小时候，村北的那片枞树山，阔大密实，从外面看，里面黑沉沉的，常有猫头鹰和乌鸦发出令人毛骨悚然的不祥叫声。这里也是埋“豆子鬼”的地方，村里有小孩夭折了，往往叫来单身汉涛老倌，一床破草席裹卷了小小的躯体，扛到枞树山的深处，挖一个坑埋了。据说这山中先前有黄狗婆出没，也就是豺狼，饿了会翻拖出死尸吃。曾有许多年，我们这些四处撒野的村童，也不敢贸然走到枞树山里去——怕。甚至从这山边小径路过，也是跑步飞奔，生怕有“豆子鬼”从林子里窜出来，在后面追打。这也应验了村里另一句骂人的话：“鬼打一样走!”

村南的大石桥头的江岸边，也有一处令人望而生畏的地方。此处有一个名字，叫江塘坪里，是一个低洼处，石桥的两端各有两条分岔的小路，分别通往不同的村庄。这里距离我们村庄有两三百米远，村前的江流和水圳从这里经过，桥两边是广阔的水田，从村里走到这里过桥，还要先下几级石板台阶。在我们村庄，这里也是专门给刚死去的人烧稿荐的地方。所谓稿荐，乃是死者临终前睡过的床铺和遗物，通常是一床秆铺、一床草席、一双鞋子、一些衣物，外加纸钱、香烛和鞭炮。许多日子，我们从这里路过，看到那片因焚烧所致的焦黑草皮和残留物，长长方方一大堆，便加快脚步，心跳怦然。

亦因此，我们在野外，尤其是山林路旁，看到有丢弃的破草席，认为是不吉利的，要绕道而行。在家里，在床上打滚玩耍，用草席把自己包裹起来，是要遭父母责骂的。

其实在村庄，每个人几乎有一半的时间是与草席肌肤相亲。

听我父母说，村前的一些水田曾经种过莲藕和席草。据此推断，当有村人曾掌握编制草席的技艺，甚至以此作为谋生的职业。不过当我有记忆的时候，这两种植物都已经在村庄绝了踪迹。我们睡觉的草席，都是从离村好几里山路的黄泥圩或东城圩购买。新草席光洁致密，席草根根分明，黄中泛着草绿，闻之有着淡淡的植物气息。

那时村人的床铺，不像现在有垫毯床单，一年四季都是直接睡在草席上，且多数人是裸身而睡。炎热的盛夏，在簇新的草席上午睡之后，我睡眼惺忪地起来，身上、脸上满是一排排一片片席草深深的印痕。冬天的夜里，当我裸体钻进被窝，躺在草席之上，起初冰冷彻骨，冷得牙关咯咯作响，须赶紧把被子卷到身下，才渐渐暖和起来。

一床草席从黄中泛绿到油光红亮，从簇新到补丁重重，烂得经线纬线分明，往往要睡上多年。烂的地方，多是草席中央，屁股经年辗转磨损是一个原因，更主要的恐怕是家中孩子多，经常遗尿使然。

实在破烂不堪的草席，最终当然要从床上光荣退役，代之以一床簇新的草席。即便如此，烂草席也不会轻易丢弃，而是去了物尽其用的一个新去处，做了村边茅厕门上的挂帘子，这也是旧时村庄一景。

我家曾经在村里有两处茅厕。先前住在青砖黑瓦的旧厅屋时，茅厕在村北，一条水圳从此流过，一条小路从此经过。我经常蹲在里面，透过草席的破洞，看外面水圳里有泥鳅拍水，小路上有村人匆匆走过，有水牛缓慢走过，有大狗小狗跑过，有琅琅的读书声正从宗祠旁的村小学木窗里传来。之后，我家在村南建了新的红砖瓦房，茅厕也建在了村南的自留菜地里，依然是挂一床破草席门帘。从经纬线分明的孔洞里，我蹲着的目光，认真数过辣椒树上白色的花朵，茄子树上紫色的花朵，以及飘忽而过的蝴蝶和飞鸟。

105

秆铺

稻草编织好床垫

倘若我的姐姐给我点拨一下，我想，我现在还能编织出秆铺来。小时候我睡觉爱遗尿，常遭她们奚落。编织秆铺，我又常给她们打下手。

村人的睡床，大致相差无几。两条长凳，两端紧靠墙壁摆开，上面搁置五六块两公分厚的沉重发黑的杂木长板，紧挨着，恰好与长凳的长度同宽，就是一铺典型的凳床。小时候，故乡青砖黑瓦的老宅子，房间都比较狭窄，一般人家子女都多，一个卧房通常是“L”形摆放两铺凳床。我家就是这样。

到我少年时代，村人新建的红砖瓦房日渐增多，住房宽敞了。这时候，乡间流行一种组合式的床架，杉木做成。家中若要添置新床架，既可以请村里木匠师傅做，也可以到圩场购买。比较而言，购买的更多，方便，便宜，随时都有。因此，在赶圩的日子，经常看到有村人挑着白色的床架、床板回来。

相比凳床，组合式床架更美观、宽敞、稳固，而且两端还有插孔的木架子，夏天的时候，用来搭竹篙，挂蚊帐，更加实用了。不变的是，床板上依然铺着秆铺、圆木状的秆枕头和草席。

秆铺是用稻草编织而成。

晚稻收割之后，有一项农活叫剪秆，就是用一小扎稻草，将田野里散落成堆的稻草在稻穗颈部捆勒成把，呈圆锥状摆开，任其在太阳下晒干，远远望去，犹如排兵布阵，颇为壮观。这样一把捆勒而成的稻草，就叫一剪秆。晒干后，一担担挑回家，堆放在杂屋里，或者猪栏、牛栏的阁楼上。

编织秆铺多在秋冬，挑几剪好秆来，扔在地上，一人双脚踩住秆头，一人双手拿着三齿锄，从上而下反复梳去杂乱的稻叶，剩下光亮金黄的稻秆，干干净净。我二姐和三姐编秆铺的时候，我就给她们当下手，一小扎一小扎，拿秆，递秆。她们双手灵巧，秆铺的边缘编得就像她们头上的大辫子，光洁整齐。一铺床的秆铺通常是两块，稻穗子朝里，两边缘是稻草鞭子，铺在床上，厚薄均匀，干净整洁。再放上秆枕头，铺上草席，就是一铺正宗的农家床。照现在时尚的说法，自然又环保。

只是小时候，我有遗尿的毛病。天晴的日子还好，母亲会把秆铺、草席、被子一股脑抱到太阳底下去晒干。阴天或者下雨、下雪的日子，每晚睡觉前，母亲就在灶桌上插了木烘架，先是烘秆铺，再是烘草席，最后烘被子，湿气滚滚，尿味弥漫。这个时候，我的姐姐们就常笑话我，弄得我很没面子，尽管我的学习成绩远比她们好，屋墙上奖状也远比她们多。

有时候，我姐姐甚至会指着尿湿过无数遍的秆铺说：“都成淤泥了，不要了，明天编一床新秆铺算了。”

这样，第二天编织秆铺的时候，我满脸羞愧地蹲在姐姐面前，无可奈何地给她们递稻草，随时要领受她们嘻嘻哈哈的取笑和奚落。

108

蒲扇

母亲扇来凉爽的风

“银烛秋光冷画屏，轻罗小扇扑流萤。天阶夜色凉如水，坐看牵牛织女星。”

唐朝诗人杜牧的这首《秋夕》，描述了一个寂寞宫女的形象。流萤、夜色、牵牛织女星，这些自然的物象，古今皆然，人所共仰。不同的是，宫女手里拿的是轻罗小团扇，民女则大多摇的是粗糙大蒲扇。就比如我的家乡八公分村，直到二三十年前，村夫村妇扇风所用，莫不是棕树阔叶所做的枯黄色的长柄蒲扇。

在八公分村，每户人家的灶屋，都有一个砖砌的大灶台，俗称正灶。正灶的两旁，靠墙安放了宽板长凳，形如大曲尺。这里，一年四季都会有一把旧蒲扇，或放在长凳上，或插在长凳与墙壁的缝隙间，或者干脆丢在长凳下的地面上，与干柴、干茶籽壳、炭块为伍。一日三餐，主妇生火做饭做菜，满屋子烟尘弥漫，呛得咳嗽不断，双眼流泪，便顺手拿了蒲扇，往灶灰坑不停扇风，拍打得灶砖啪啪作响。灶膛里的干柴顿时就熊熊燃烧起来，烟尘渐小渐淡，往楼上升腾，从木格窗户游出，在瓦屋面上漂浮起长长袅袅的浓浓淡淡的炊烟。这把蒲扇经年累月地使用，早已破烂得不成样子，不管从哪户人家拿出来，都是一把标准的济公扇。

品貌周正的包了布边的好蒲扇，入夏后，村人便从收藏的角角落落里，找了出来，摇在了手中。漫长的炎热天气，全凭它扇凉，驱赶蚊子，哄孩儿安睡。尤其是年迈的老妪，整日里一把蒲扇不离身，有一下没一下摇着，打着小盹。便是颤

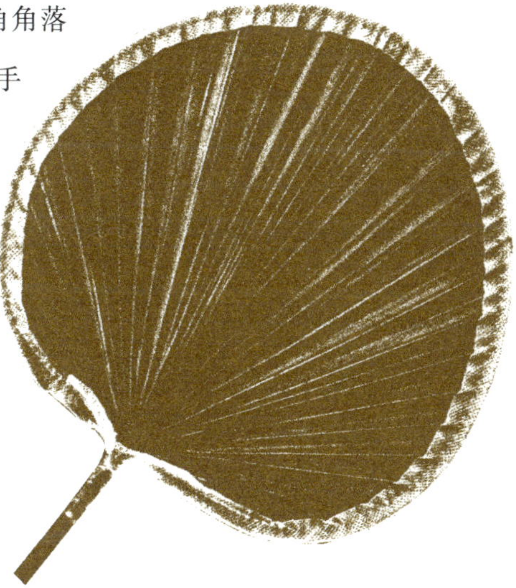

巍巍出个门，出个恭，也要拿一把大蒲扇在头顶搭个凉棚，遮挡白晃晃的太阳。

童年里，我家住在老厅屋的两间旧瓦房，房子逼仄，又无蚊帐，夏夜躺在床席上，背如火烤，蚊子又多。每晚睡前，母亲从床底下端出那个破旧的大瓦盆，装一盆秕谷点燃，放在卧房中央，敞开与巷子相通的侧门。房里巷外，浓烟弥漫。母亲咳呛着，拿一把蒲扇在屋里扇烟，把浓烟扇向卧房和灶屋的每一个角落，熏得蚊子仓皇而逃。这个时候，我们提了长凳、矮凳，在石板巷子里乘凉。巷子里坐满了村邻，大人们坐着摇蒲扇聊天，讲古，吸土烟。孩子们或席地坐卧，或笑闹追逐。每一阵突来的夜风，都会引来舒畅的赞叹。常有人趁着夜色，从老井里提一茶壶凉水来，大伙你一碗我一碗，喝得心里舒坦。石板巷子的上空，天湛蓝深远，星光闪烁，偶有流星和夜鸟飞过。通常夜很深了，我们呵欠频繁，才进屋睡觉，任凭房门大开。母亲常说："心静自然凉。"她摇着蒲扇，一扇一扇给我扇风，我安安静静躺在床上不动，慢慢就不热了，能睡到天亮。

我上中专的那两年，曾经很喜欢唱歌。那时我家早已住在村子最南面的新瓦房，暑假在家，每到入夜，我从门前的水圳里提了水，把屋旁的小禾场泼一遍，降下暑热。吃过晚饭，我们一家人提了凳子到禾场上歇凉。在皎洁的月色里，屋旁的杨树和苦楝树的枝叶在南风里哗哗作响，田野空蒙，蛙噪虫吟。对此良辰美景，我心情愉悦，常引吭高歌。一首接一首，要唱上很多首从学校学来的流行歌曲。我的父母和姐姐，都说我唱歌好听，我也自认嗓音不错。我唱歌的时候，母亲常会不时给我扇上几蒲扇。

母亲去世不久，我写了一首《月夜》的十四行诗，忆及了她摇着蒲扇聆听我唱歌的这段难忘时光。

月　夜

不久前还散着欢笑的我的老家，
在这月夜该是怎样的一番景象？
也许我亲手所栽的苦楝的落花，
又铺满了那座大门紧闭的瓦房。
遥想我那不知忧愁的快乐少年，
每到傍晚便在临溪的屋前歌唱。
一位老人常静静地坐在我身旁，
手中挥一柄替我驱蚊虫的蒲扇。
我的歌在蒲扇的风中翻飞停留，
直到那轮皎月向西天微微斜坠。
可是如今，温馨的场面不会再有，
这美好的月色又怎能把我抚慰？
因为对面林中覆盖花圈的新坟，
那里埋着我的眷恋，亲爱的母亲。

瓜勺

锯成两半的老葫芦

“偶然节日朋亲至，襟下藏瓢出侧门。”

2001 年母亲去世，一个感伤的日子，情不能已，写下了一首题为《忆母》的七律。写完这句尾联，搁下笔，已是泪流满面。

在八公分村，瓢的通俗叫法是瓜勺，用自家种的老水瓜（学名匏瓜）风干后，锯成两半，去掉中间的瓜瓤即成。新做的瓜勺，表皮还有着淡淡的果绿色，年岁久了，成了油光的橘红。童年里，我们常把瓜勺戴在头上，扮和尚，扮老寿星。笑闹追逐中，被玩伴按着敲：“咄咄咄，咄咄咄，敲你妈妈的老瓜勺。”

一个家庭，大多有好几只瓜勺，往往各司其职。

我家装米糠的那个宽口巨腹的大瓦缸里，长年躺着一只老旧发红的大瓜勺，并且还缺了个小口。每天煮好了猪潲，父亲或母亲就会舀一两瓜勺米糠，倒进大锅子里，用竹潲勺搅拌均匀，给猪增添美味和营养。

夏秋季节，烈日炎炎，烤得菜园的泥土裂开一条条大缝隙，能侧着手掌往里伸。辣椒树、茄子树、豆角、丝瓜，叶子耷拉，奄奄一息。那段日子，每天上午和下午，都能看到挑水灌菜园的妇孺，多数人是拿一只瓜勺。这样，蹲在水圳边往木桶里舀水，提着木桶在菜园里边走边灌菜，都比拿一只长柄竹淤勺轻巧方便。

相比而言，我们村庄水资源算是丰沛的，灌溉有江流和水圳，生活用水有好几口长年不息的水井。或许正是如此，才成就了我们这座近千人口的大村。而在一岭之隔的小村长洲头，既无江湖，也无水洲，甚至连长年不断流的小溪、小圳也没有，夏秋季节饮水都极其困难。他们村前的大路边，有一口又大又深的水井，名字就叫瓜勺井，像一只直径五六米的巨大瓜勺，深深嵌入大地，由青石砌筑而成，勺柄是拾级上下的台阶。春日里雨水足，瓜勺井中满满的积水，像森森的深潭。长久天旱，井可见底。我偶尔路过的时候，看见有人蹲在井底，拿一只小瓜勺，把黄泥浆般的浊水舀进木桶。每当此时，我暗自庆幸自己出生的村庄，实在堪称风水宝地。

我的母亲是一个好客的人，即便家贫，待客之道也不薄。童年的时候，我曾数次看到，家里来了远客，母亲笑脸相迎，烧水泡茶，端上一盘豆子花生，作为待客的茶点。在我父亲陪着客人说话喝茶时，她则悄悄地拿了一只瓜勺，藏在旧蓝布衣襟里，打开侧门，去找村邻借米，借鸡蛋、鸭蛋或别的干菜。然后，母亲又悄无声息回到家中，满面含笑，一边与客人说话，一边煮饭做菜，满怀敬意和盛情。成年后，我每次念及，都眼泛泪光。

我上初中那年，家里新建了红砖瓦房，在村庄的南面，紧靠水圳边。而且水圳下的一块秧田刚好是我家的，打土砖的时候，将田挖成了一个长方形的深坑，便蓄满水，做了一口小鱼塘。那些年，我家每年都在池塘岸边栽几株水瓜，叶蔓爬满池上的瓜架，开满了一朵朵白色的小花，很是漂亮。日渐长大的一只只水瓜，吊在瓜架下，倒映在池水中，煞是可爱。我们每年都要留几只水瓜，任其长老，用来做瓜勺。

父母去世后，武广高铁修建，偌大村庄拆迁，只剩下古老的宗祠和几栋青砖黑瓦的老屋。我家的这栋红砖瓦房和池塘也被夷为平地。

这个月初，我回了一趟老家，在废墟一般的村庄遗址上走了一圈，断壁残垣，淹没在茂盛的草木之中。在一处残墙边，我看见一株水瓜的藤蔓，匍匐在地上肆意生长，蓬勃碧绿，周边少有人迹，心中顿生黍离之悲。

搓线瓦

搓一根细细的苎麻线

二〇〇一年门前橘子花开的时候，母亲去世了，不经意间，已经二十一年。这期间，沧海桑田，原先居住的那半栋瓦房，连同门前的小溪、池塘和橘子树，也早已被夷为平地，成了高速铁路桥墩下的荒草空坪，再也寻不了一点旧时的踪影。

母亲本是一个朴素的人，又一向家境寒微，去世时那些穿过的旧衣物，我们已经按照村里的风俗，连同她睡过的席子被褥，一同在江边的一阵烟火中化去了。待到瓦房拆迁的时候，父亲也已离世，那些残旧的坛坛罐罐及家什用具，或损或丢，或拿或送，经过几场风雨霜雪，也已杳然无痕。如今能够睹物思人的，除了那把铜茶壶，也就只有母亲的搓线瓦了。

母亲的搓线瓦是一片特制的粗糙青瓦，凸面刻着朴拙的树枝和树叶，四角各为“劳动幸福”中的一个字。凹面刻着“运莲”“方成”四字，分别是我母亲和舅舅的名字。瓦的两侧边缘中央，对称钻有一对小圆孔。有一年春节，我到舅舅家拜年的时候，曾专门问起这块搓线瓦。舅舅告诉我，那是上个世纪六十年代初在生产队烧砖瓦窑的时候，特地为我的母亲制作的，那时我还没有出生。

记忆中有一片苎麻地。过了村前的石桥，沿着江边的石板路，穿过田野，再逆着一条溪水上行，溪的两岸是红壤的旱土和油茶山，那片苎麻地就在溪的北岸。一年里，周边的旱土随着季节不断变换着色彩和作物，金黄的麦子，碧绿的花生和红薯藤，唯独这片苎麻地，似乎年复一年不需要翻垦，每年都齐刷刷地一轮一轮长出一大片密密麻麻的苎麻来。苎麻长有半个人高的时候，我们是不敢到那里面去玩的，据说时常隐藏有很多蛇。只是在南风呼呼的夏日晴空，看着苎麻地哗啦啦作响的叶浪，一会儿碧绿，一会儿雪白，幼小的心灵竟也感到十分欢愉。

苎麻长到差不多成人高的时候，打苎麻的日子到了。全家人出动，到苎麻地里砍苎麻，每人一把镰刀，把一根根圆圆笔直的青色的苎麻秆子齐蔸割下，砍去顶端的枝叶。一捆捆苎麻挑回家，在浸泡一段时间之后，剥皮、刮皮、晒皮、搓线等一系列需要精巧手工的活计就全凭母亲一双手了。

脑海里便永远刻着一幅幅清晰的画面：在厅屋里，或者门口的石板巷子里，母亲低着头，坐在一张小矮凳上，右脚裤腿卷到大腿上，露出一条光腿来，拿了那块搓线瓦盖在膝盖骨的位置，左手从旁边的篮子里抽出干苎麻丝放在搓线瓦上，右手张开五指，在瓦上不停搓着，面前一根粗细均匀的苎麻线不断延长，垂下来，一圈一圈在脚下的簸箕里重重叠加。

搓好的苎麻线，母亲一束束整理好，之后和了木柴灰在大锅子里煮沸，捞出来，在水圳边用木槌捣击漂洗后，挂在竹篙子上晒干。赶圩的日子，母亲用竹篮子挑了苎麻线去卖，换得一些钱来，或者油盐酱醋等日用的物品。剩下的苎麻线和干苎麻丝，母亲放在木柜里收着，空闲的时候，给我们纳鞋底，缝补衣服，或者随时搓一些她所需要的或粗或细的苎麻线。

几十年反复搓线，这块搓线瓦凸凹两面许多原本粗粝的刻痕，都已经被母亲的手掌和膝盖磨得光滑发亮。如今它静静地躺着，在我书房里书柜的一角，偶尔拿出来端详抚摸一番，都禁不住地勾起深情的过往。

118

顶针

缝缝补补的乡村日子

母亲39岁才生下我。她常说，我就是那快倒秋的南瓜藤尾巴上结的瓜仔仔。待我这个瓜仔仔长大结婚时，她已是63岁的老人。几年后，母亲去世，还不满70周岁。母亲在晚年，才戴上了我爱人给她买的一对金耳环，一个银手圈，一个银戒指。母亲笑成一朵花，逢人就说媳妇的好。她去世的时候，这些金银器都让她带去了。

母亲的一生中，她那右手的中指时常会戴上一只戒指一样的顶针。

有好些年，我乐于给母亲修指甲。她的手搭在我的手上，就像乌黑粗糙的老松树枝，指节粗大，指甲厚而坚硬，藏着黑色的污垢。这双手曾给我瘙过无数次痒，不用抓，只需在背上轻轻摩挲，就像一张砂纸，恰到好处地打磨，浑身舒坦。就是这样的手，数十年间，无数次戴上顶针，缝补着清贫岁月，缝补一家人的温暖。

我的记忆不由地回到儿时那间黑色的小瓦屋。灶台边的宽板长凳旁的角落里，有一只篾片已经老旧得发红发亮的花篮，这是母亲做针线活的篮子，里面是大大小小的旧布片，用来裁剪取布的旧衣裤，黑白两色的棉线团，自搓的苎麻线，乌黑的大剪刀，小指状的针筒，还有顶针。顶针，母亲叫针子。我小时候常疑惑，怎么叫金子呢？是金的吗？我虽然从没见过金子，但父亲讲古，却经常讲到某人意外挖出一窖金子，从此过上了有吃有穿的好日子，让我每次听了，都羡慕得不行。母亲的针子，白亮，圈内光光滑滑，圈外布满了密密麻麻的浅浅的小针眼窝，就像麻子花生的外壳。

在夜里，在雨雪天，母亲闲下来了，就提了她的老花篮，在昏黄的灯下，或在窗下的天光里，找出顶针戴在指节上，穿针引线，缝缝补补。缝补一家人破了洞的旧衣旧裤，纳袜子底，纳布鞋底。这个时候，母亲勾着头，形态安详，手指捏着连了线的针头不时在鬓发上快速擦一下。我常暗暗替她担心，生怕扎破了头皮，痛。我的担心显然是多余，母亲就像什么事情也没发生过一样，手法自然利索。我有时就想：针尖擦一下头发是什么意思？难道把头发当磨刀石吗？

母亲缝补衣裤，左手捏住布缝，右手持针，针头走着细密均匀的波浪，一针能穿几个洞眼，戴顶针的指节轻轻推一下针屁股，长针就穿了过去，捏着针头，一提拉，平展一下针脚，继续走着下一轮波浪。纳袜子底则不同，一针只扎一个针眼，反面正面交替着扎针引线，则慢多了。加上袜子底都是几层布糊成的，有时还要凑到嘴上，用牙齿咬住针尖，拔出针线来。这样的状况下，想快也不成。

小时候，在寒冷的冬天，我们穿的都是褐色的长筒棉线袜，需在膝盖弯子处用一根布带子扎着。这样的袜子买来后，为防磨破，母亲就在袜子底部缝上一层布纳的袜子底。以后，这种袜子退出了日常生活，纳袜子底就成了纳鞋垫。至于纳布鞋底，那就算得上是个力气活了，那么个手指厚的由一层层棉布糊成的坚硬的东西，针是扎不透的，需拿一个钻子钻眼，才能穿针引线，很是麻烦，也只能是慢工细活了。

池塘结冰的日子，顶针成了乡下孩子的玩具。一双双湿漉漉的冻僵的小手，从水面上捞一块敲破的厚冰块来，镜子一般，放在地上。吸吸鼻涕，哈哈手指，从口袋里掏出一只顶针来，放在冰块上。翘着屁股，匍匐在地，嘴巴对着顶针圈内不停哈气。顶针内的冰渐渐融化，最后成为一个圆溜溜的洞眼。找几根稻草，或者一段绳子，穿过冰眼，提起冰块，在田野间，在小路上，在村巷里，仿佛凯旋的将军，洋洋自得，骄傲地游走。

从小跟着母亲，耳濡目染，我也学会了简单的针线活。戴着母亲的顶针，缝补起衣裤来也像模像样。以后我上初中、高中、中专，都是住校，远离了母亲。我的行李箱里总会放着一个针线包，需要缝补的时候，已是驾轻就熟。

煤油灯

昏黄的油灯暖暖的家

一粒谷，溅满屋。

每当想起这句儿时常挂在嘴边的谜语，脑海里就会不由地浮现这样的场景：柴火在土灶里呼呼燃烧，火舌自锅底窜出，我们姐弟坐在宽板长凳上，烤火，添柴，叽叽喳喳，父亲喂猪去了，黑咕隆咚的狭小屋子里，母亲在黑暗中摸索着，一股煤油的浓重味道弥散开来。一阵响动，拉碗柜箱子的声音传来，我们知道，母亲在摸索火柴，摸着了，窸窸窣窣，“嗞”的一声，磷光闪动，一根火柴燃着了，把母亲的手掌映红。火柴伸向煤油灯，着了，屋子里顿时溅满了昏黄的光，满满当当，母亲模糊的身影浮现了出来。红焰在灯盏上跳跃，拖着长长黑黑的烟尾巴。母亲轻轻旋转灯盏头上纽扣状的小阀，红焰随着灯芯的伸缩忽高忽低，渐渐稳定，如一粒饱满修长的光豆。罩上中间鼓腹的玻璃罩子，母亲端了煤油灯放在木窗台上，黑夜正式登场了。

煤油灯下，是我们闲坐而母亲忙碌的时刻。乌黑的大水锅，水咕咕作响，热气自木甑的圆木盖四周泄出，米饭芳香。母亲洗了粘有煤油气味的粗糙双手，清洗自家菜园里摘来的菜蔬。蒸好的米饭，母亲双手端了木甑，放在窗下宽板长凳的一端。换上乌黑的菜锅子，切菜，炒菜，放盐油佐料，装碗出锅。母亲动作麻利娴熟，我们习惯了观看母亲做饭做菜的过程，习惯了吃母亲做好的饭菜。

有一个细节，数十年来，难以忘怀，也是我们现时偶尔的笑料。我的二姐贱花，小时候做农活是一把好手。那时，我的大姐出嫁得早，三姐和我都还年幼，二姐自然成了父母的得力帮手，是主要劳动力。二姐脾气好，眼窝浅，吃夜饭若是受了母亲的责备，她不会吵不会闹，只是气呼呼坐在木甑边，满心委屈，流着泪，一碗接一碗吃大饭，比平常要多吃几碗，以此作为对母亲苛责的报复。

晚饭后，母亲收拾碗筷，洗洗刷刷。父亲顺手从长凳角落摸起他的短烟筒，装了土烟丝，抽了灶台上的火钳，一俯身，夹一粒柴火子，伸向烟斗，吧嗒，吧嗒，呛人的烟气从他的嘴里鼻孔里呼出来，散成一片升腾的云雾，烟斗燃着，一红一暗。这个时候，灯盏可以归我使用了。我从窗台将它端下来，放在长凳上。拿来书包，掏出书本和作业簿子，或膝盖跪地，或坐在矮凳上，后背紧抵着灶身，我伏在长凳上翻书写作业。煤油的气味浓郁，灯罩里黑烟缭绕。

隔几天，灯罩子就熏得模糊了，尤其是灯罩口的四周，一片乌黑。母亲摘下来，拿一块小布片，洗擦干净，被熏黑的玻璃顿时又光洁明亮。只是这个灯盏后来不小心打碎了，这在当时，是家里的重大财产损失。之后，我们家再没有买这样的灯盏。母亲拿了我的空墨水瓶倒入煤油，找来铁皮盖钉一小口，穿一根灯芯，盖上，就是一个灯盏了。只是，很多次做作业的时候，稍不留神，我额前的头发就触到了火苗子，烧得嘶嘶作响，焦臭。

在这间老屋子里，我的父亲曾遭受过一次意外的头部受伤，血流得很厉害。那是一个深夜，隔壁邻居的大儿子偷树回来，树尾巴撞落隔墙的一块大土砖，正好砸在我熟睡的父亲头上。过后，有村邻先后从江对面的供销社里买了罐头来看望父亲。那些桃子罐头、橘子罐头、杨梅罐头，外面贴了鲜艳的水果贴纸，玻璃瓶里，一瓣瓣果子在汁水中泡得鼓鼓胀胀，密密匝匝，十分诱人。父亲吃罐头的时候，我们姐弟也有机会吃上一两瓣，喝上一点汁水，甜。空罐头瓶子，成了母亲手下的灯盏。母亲手巧，找一截铁丝，做出“凹”形，挂在瓶口，灯芯在瓶内，点燃后，明亮又挡风。瓶口再拧一圈铁丝，加一个铁丝挂钩，既能悬挂高处，还能提着走。曾有好些年，村里流行这种罐头瓶子煤油灯盏。我的母亲夜里喂猪，去茅厕，出门串户，常是提着这样的灯盏，一粒微光，在黑暗里游移。

虽说供销社就在村对面，煤油基本上随时有卖。偶尔的日子，我还是看到母亲向邻居家临时借一点煤油。过后，母亲赶了圩场，卖点自产的菜蔬、花生、豆子，提了空煤油瓶子，买了煤油还上。还煤油的时候，母亲总是笑呵呵地说着感激的话，多倒上一点。

家贫，不过，我的母亲对我的读书十分在意。母亲有一句话总挂在嘴边："养儿不读书，不如养个猪。"她对我的管束是严厉的，不准我看小人书，不准我跟吊儿郎当的伙伴纠缠在一起，文盲的她偏执地认为，唯有如此，我才不会误入歧途。我读书很为父母争气，小学里，我成绩特好，几乎每年都是三好学生。那时，任课老师夜里经常下村家访，昏黄的煤油灯下，我家这间又黑又窄的屋子却是老师喜爱停留的地方。黄秋德是一位和善的老师，年轻英俊，爱笑，他教我的数学。我的数学作业本上，经常是一个大大的红勾下，批注两个潇洒的红字和一个红色的惊叹号——"蛮好！"

"蛮好！"——这火红的批注，宛如煤油灯上跳动的红焰，它们一齐燃烧着，照亮了一个山村男童对未来朦胧的向往和期许。

烟筒

父亲的惬意时光

时光，像一块无形的抹布，不经意间，就把某些习以为常的生活习惯抹去了，了无痕迹。回头时，已恍若隔世。就比方上一代人家家都有的竹管烟筒，如今的乡村，杳然难寻矣。

在八公分村，烟斗不叫烟斗，叫烟筒。烟筒脑壳和嘴子，多是黄铜或白铁的。中间的管子，则一律是细竹。有长烟筒，长过手臂；有短烟筒，能装进衣袋。村里的中老年男子，大多有一长一短两根烟筒。长烟筒吸起来有劲，烟子浓，力道大，在家空闲时用。短烟筒携带方便，出门干活时用。三四十年前的旧时故乡，成年男子的上衣口袋里，总是随时带着三件宝贝：短烟筒，装了土烟丝的薄膜袋，火柴。

父亲在家吸烟的形象，至今依然十分清晰。饭前和酒后，他都会吸上一筒烟，他的长烟筒就放在灶边宽板长凳旁的墙角落。他坐在燃着柴火的灶门口，顺手拿了长烟筒，左手的大拇指、食指和中指夹抵住竹管中部，斜斜地下垂。右手从旧蓝布衣袋里掏出薄膜袋，夹烟筒的左手伸过来接着。薄膜袋原是装洗衣粉的，这会装了小半袋酱黄的烟丝，鼓鼓的，卷成一个皱巴巴的松软圆筒。父亲散开薄膜袋的口子，尖着三个指头，探进袋里，在细微的薄膜袋发出的声响里，撮出指头大的烟丝，揉成一粒，按进黑乎乎的烟筒脑壳里，按压平实。薄膜袋重新卷上口，塞进衣袋。此时，烟筒白亮亮的嘴子，已经含在父亲的唇间。他俯下身子，将烟筒脑壳朝下，伸进灶门口的红火子，两片嘴唇一张一合，吧嗒，吧嗒，顿时，一股青烟从他的嘴边喷出来，袅袅散开。父亲坐直了腰身，架着腿，手夹烟筒，脸色柔和，享受他的愉快时光。在一阵阵节奏舒缓的吧嗒声中，烟筒脑壳有如小算盘子大的浅斗里，烟丝的红火一明一暗。

父亲吸烟时，常会给我们讲古，屋子里充满烟尘的味道。有时烟气呛人，呛得我们不时咳嗽。母亲就会数落几句："吃吃吃，这个烟有什么鬼吃头咯！"父亲就会咧嘴一笑，说："饭后一筒烟，胜过活神仙。"话虽然是这么说，父亲也会识相地猛吸几口，拿了长烟筒，在灶灰坑边砖头上磕磕烟筒脑壳，把烟灰磕掉，重新放回长凳旁的角落。

村人吸的烟，早先大多是自种的土烟。土烟种在旱土里，到长成时，株高叶肥，大如蒲扇。一棵棵土烟齐蔸砍了，挑回家后，有的是整棵倒挂在大门口挡阳又遮雨的檐下，任其自然风干，变黄发黑。也有的人家，织有草席般宽大的篾烟夹，就把肥绿的烟叶，一片片摘下，密密铺排在烟夹里。出太阳的日子，就把烟夹搬到屋外晾晒。这样做成的土烟叶，酱黄，品相也好。若是拿到圩场上卖，价钱也要高一点。

在我家老瓦屋的楼上，有一个木板大谷廒。父亲风干好的整棵土烟，就放在廒盖上。需要切烟的时候，他就会从楼上扒下一两片烟叶下来。切烟丝也有讲究。先是把烟叶摊平了，叠成一个比巴掌略小的长方形，放在床头板与长凳之间压着，压一晚上，压结实，成了小烟砖。越结实，切成的烟丝就越细。切烟丝，有专门的烟刀和切板。烟刀锋利，比菜刀小，贴着压结实的烟砖，连续不断地切着，发出细微柔和的声音，在切板上拖出无数的刀纹。烟丝蓬松，缕缕金黄，发出轻微呛鼻的幽香。

同村里的男人一样，父亲的烟瘾也很大。空下来，或者干活的间隙，他就会习惯性地拿出他的烟筒，按一撮土烟，点上火，津津有味地吸起来。有时几个老伙计在一起，会相互分享各自的烟丝，一连磕上几次烟筒脑壳，有一搭没一搭扯闲天，扯上半天。

烟筒吸久了，烟筒脑壳烧得乌黑，圆圆的浅斗里满是灰末和烟油脂，甚至会把里面针屁股大的烟道堵塞。这个时候，我的父亲会拔一根长长的狗尾巴草，从烟筒嘴子里插进去，穿过暗红发亮的竹管，将堵塞物从烟筒脑壳里捅出来。然后，含着亮晶晶的烟筒嘴子，吹吹气。再掏出一撮土烟丝，捂在烟筒脑壳的浅斗里，轻轻压实。嗤，划一根火柴，燃上。

吧嗒，吧嗒，父亲左手扣着竹管烟筒，又吞云吐雾起来。

草鞋

简朴的鞋子好走路

现在想来，颇有点后悔。小时候司空见惯的草鞋，我这大半辈子竟没有穿过，如今，恐怕村里也很难找到了吧。

那个物质匮乏的年代，但凡紧俏的物品都要凭票才能买得到。对于故乡人来说，肉票、糖票、布票、火柴票、煤油票……都曾是与日常生活密切相关的。不过很多时候，即便有了票，家里也没钱买，譬如布票。就我们家而言，我和姐姐一年中几乎要到过年才有望穿到一件新衣，或者一条新裤子。而父母，往往要好几年才添置一样，也实在是因为那旧衣服补了又补，烂了又烂，无法再继续穿了。如此情形之下，我们穿的鞋子自然也少得可怜。

在我童年的记忆里，我们家灶屋的宽板长凳下，是一家人放鞋子的地方，一种是草鞋，一种是套鞋，此外少有别的鞋子。这些鞋子与柴火为伍，灰蓬蓬的。草鞋是父亲和母亲穿的，套鞋是一家人在冬春两季天冷时穿的。夏天和秋天，晴热暖和，我向来不穿鞋子，也没什么鞋子可穿，整天都是打赤脚，上山捡柴，下田干活，上学走路，奔跑追逐，两只光脚板拍打着泥土和砂石，自由自在，并未感到有什么不适。这种状况并非我家独有，许多家庭都大体如此。

比起草鞋，套鞋自然是珍贵的。这种鞋子是黑胶皮做的，浅口，有一层细密的白纱里子，需要到江对岸的油市塘供销社才能买得到。新套鞋好处明显，下雨、下雪穿着不进水，走路粘了泥巴，用稻草或用手直接擦洗一番，又油光黑亮，干干净净。只是这种鞋子太贵，家里新的少，旧的多，只有姐姐穿过的旧套鞋，才会轮到我穿。冬天里穿套鞋，为保暖，我们通常在里面垫上一层折叠好的干稻草，起初穿进去，脚会有点不适，慢慢就好了。

一年中，村里人最常穿的是草鞋。穿草鞋不分季节，也不论天晴下雨，从春天到冬天，都有人穿在脚上，尤以中老年男子居多。草鞋大多数是用稻草编织的，也有用笋壳叶编织的。圩场上，有专门的手艺人卖草鞋。不过，编草鞋是一件简单的日常手工活，很多男人都会。因此，乡村人家穿草鞋，再经济适用不过。

走长路挑担子，穿草鞋尤其适合，透气，柔软，不烂脚。草鞋磨破了底，烂掉了，脱下来随手扔了，换一双新草鞋，继续赶路。小时候，在黄泥巴小路旁的草丛中，我们经常看到路人丢弃的破草鞋，匍匐在那里，像一只巨大的黄色虱子。

草鞋防滑，下雨、下雪，甚至石板路上结了冰，穿一双草鞋就能行走自如。村里向来有个习俗，老人出殡，孝家会给抬棺的“八大金刚”每人发一双新草鞋，就是为了防备脚下滑溜，出个什么闪失。寒冬的日子，村里男子从油榨坊打了新茶油，挑回家，或者送到公社粮油站上缴国家，也必定是穿草鞋，稳当。

记忆里，我曾看过父亲在家门口的石板巷子编织草鞋，我们叫打草鞋。父亲打草鞋并没有手艺人那样的专门模具，他跨坐在长凳的一端，另一端钉上两颗长钉子，相隔两三个指头宽，身旁是一把已梳掉了稻衣的干净稻草。父亲先搓一根细小草绳子，挂住铁钉，一边添加稻草，一边编织。父亲常说一句话：“草鞋没样，边打边像。”要不了多久，一只金黄色的草鞋就打成了，像一只小小的船儿，他穿脚上试试，刚好，露出一脸满足的笑容。

之后，随着时代的发展，村里渐渐流行穿解放鞋和塑料凉鞋。解放鞋是熟胶底，有锯齿，耐磨，鞋面是厚实的帆布，经穿，样子朴素大方，一年四季能穿，深为村人喜爱。草鞋也就渐渐淡出了人们的生活，乃至于无。

133

挂锁

守护简朴的老瓦屋

百年已近半，现在回过头去一想，觉得道德与文化之间，其实并没有太多的关联，甚至可以毫不相干。

三十年前的旧时乡村，或者更具体一点，就说我的家乡八公分村，村民普遍没什么文化，能够读完初中、高中的人寥寥无几，考上中专、大学的更是凤毛麟角。那时我们的父辈祖辈，基本上都是目不识丁的文盲，既没有文化，更不懂什么科学知识。但这并不妨碍他们自幼耳濡目染传承下来的，本身所具备的良好道德素养。日常生活里，村人长幼有序，礼貌待人，相互之间，更多的是宽容、平和、互助。村风纯朴，真可以用夜不闭户、路不拾遗来形容。至少，在村人的潜意识里，没有刻意防范外人的心理。

很明显的，各家屋门上的那一把挂锁，基本上就是一种摆设。

小时候，我们家住在一栋老旧的青砖黑瓦的大宅子里。中间一个天井，把宅子分为上下两厅。下厅两户人家，上厅三户，我家住上厅的一角。大白天，宅院的大门和侧门总是敞开的，鸡呀，狗呀，邻里村人呀，外来的行商呀，乞丐啊，陌生人呀，随时都可以自由进出。而且，每户人家的小门也是敞开的时候多。

吃过早饭之后，上学的孩子已经去了学校，大人陆续外出做农活。这个时候，很多人家空无一人，村庄很安静。按现在的观点，是治安防范最为薄弱，最容易发生偷盗、投毒、放火或其他恶性事件的时间段。即便这样，不少人家并不锁门，只是把门扣扣上。那时村人大多用的是传统的铁挂锁，黑乎乎的，像一个猪腰子。锁匙犹如算卦的竹签，从锁屁股眼插进去，一捅，锁就开了。这样的挂锁锁在门上，其实并没有太多实际意义上的防范功能。任何一个少年或成人，只要拿一把钳子，或一把起子，或一把火钳，甚至一根结实的木棒，就能连挂锁带门扣一齐撬开。

事实上，村人即便外出锁上了家门，那个长柄钥匙也很容易找到。有的放在木格窗台上，有的放在门扇下沿与门框之间的缝隙里，伸手就能摸到。这是村人藏钥匙的公开秘密和习惯，大家并不会把那个粗笨的长柄钥匙带在身上。我家是在门框上钉了一颗钉子，穿了布条的钥匙挂在钉子上，就在门扣上方。我中午从邻村的小学午休回家吃饭，摘了钥匙就能开门。这样锁门，形同虚设。也正如村人常说的一句话："锁得了君子，锁不了小人。"

数年之后，我家在村子的最南面建了新瓦房，换了新的弹子锁。弹子锁购买方便，供销社随时都有，大小各异，型号齐全，而且一把锁带几把钥匙。这样，传统的老挂锁逐渐被淘汰。不过，同往常一样，曾有一段很长的时期，我家的钥匙依然是挂在门框的钉子上。

三十年，说短也短，在历史长河中，不过眨眼一瞬；说长也长，整整一代人的时间，我们的没有什么文化的祖辈父辈大多已经入土，一同带走的，还有他们那代人的纯朴。

如今，上大学已是稀松寻常，国民不可谓没有文化。科技产品的更新换代，也是日新月异。无论城乡，防范他人，防范危险，已成了每个家庭的重中之重，时代的重中之重。门是越来越厚实的防盗门，锁是越来越先进的防盗锁。

真的，那个门上只挂一把挂锁，不加防范的时代已经远去，那份乡亲间的纯朴与信任令人怀念。

136

火把

黑夜里游动的火光

三月的春夜黑得真像一面锅底。水田犁耙过了，蓄着一层清清的浅水，阡陌交错，白天看来，宛如一面面连缀着的光亮镜子，插早稻时刻已然临近。在这个时节的漆黑的夜晚，吃过晚饭之后，常有照泥鳅的青壮年男子，腰扎鱼篓，一手提着松柴灯笼，一手握着长柄的泥鳅叉子，在村前阔大的水田间缓缓游移。灯笼里的松柴熊熊地燃烧，滴着油脂，火光通红，在无边夜幕的背景下，如豆，如星。

我家的楼上，也有这样的灯笼和叉子，但已铁锈斑斑。这是我父亲曾经用过的工具，在他青壮年的岁月里，也是一个喜爱照泥鳅的人。父亲成家迟，近40岁才生我的大姐，56岁生下我。因此，在我的童年里，父亲已经是年过花甲的老人，他不再照泥鳅。我也不曾有过亲自提着灯笼在春夜里照泥鳅的经历，只是远远地看着黑夜里游荡的灯笼，充满羡慕。

父亲曾是照泥鳅的好手，尤其是在我大姐童年的时候。父亲视她为掌上明珠，平素的日子，总要设法捉一些鱼虾或泥蛙、团鱼之类的荤腥，做我大姐碗里的菜肴。父亲左脚的大脚趾，就是在一次春夜里赤脚照泥鳅时，据说是踩着了蛇骨头，中了毒，之后红肿溃烂，无法行走，整整在床上坐了几个月，连脚趾骨头都烂掉了一大块。那段时间，母亲又忙又愁。忙着白天的农活，全家的一日三餐，父亲的护理；愁着父亲的病痛，愁着无钱又无药。为让父亲打发无聊的日子，母亲将上一年地里收的棉花拿出来，要父亲每日剥棉花籽。当年，经父亲一双手去籽的棉花足足弹了两床棉被。父亲脚趾好了后，严重变形。

大姐18岁就出嫁了，大姐夫是我父亲相中的，住江对面的小村油市塘，为人忠厚老实，当过兵，后来转业做了铁路工人，火车司机。过年的时候，大姐夫探亲回家，到夜里，常过江来我家里喝酒吃饭，有时同我大姐和外甥一起过来，有时就单独他一人。大姐夫可称得上是我父亲喝酒的知音，谈谈讲讲，细酌慢咽，自家酿造的红薯土酒，在炉火上热了一砂罐又一砂罐，菜也是凉了又热一热，往往要喝到夜深方罢，灶里的煤炭火渐成灰烬，灯盏芯开了带红星子的灯花。

一条石板路，一座石板桥，就把两个村子连接起来，中间相隔就一里多路。只是在严冬漆黑的深夜，伸手不见拳，独自走在村外，也阴森可怖。何况，石板桥头两侧江岸，是村人去世后烧稿荐的地方，一堆方形的黑灰，常常要数月才消去踪迹，每每见了，心里难免发毛。而谈仙说鬼，也是村人日常的话题。由是，每逢喝酒到夜深，大姐和姐夫必要母亲相送。

这个时候，我的母亲已经从楼上拿了几根长长的葵花秆子或烟秆下来，点上火。

葵花秆子和烟秆是村里每户人家必备的照明燃料。夏秋时节，烤烟田里的烟秆顶端开着红白的喇叭花，烟叶收获了最后一茬，砍下青色的烟秆子，一根一根，浸泡在稻田的水稻植株之间，沤烂表皮和内心。多日后，收了，清洗，晒干，一捆一捆绑扎，堆放家中。深秋里砍了葵花秆子，也是如法炮制。

母亲拿着烟秆，走在前面，有时我也一道相送。大姐抱着外甥，姐夫拿着烟秆，在后面跟着。一前一后两只火把，火光熊熊，在呜呜吼叫的寒风里，不时掉落绯红的余烬。村庄寂静空落，石板路上只有我们急促的脚步声，零碎的说话声。光晕随着脚步推进，推开前面厚重的夜色。

送至石桥边，母亲接火又点燃了新的烟秆，火把更加明亮。大姐、姐夫拿了火把走向石桥，在江面投下火光的红影。我们站定，目送他们过了桥，融进无边的漆黑里。一火游动，绕过水田和溪水，上了高坎，直到对面的小村口。如豆的火把停住了，黑夜里传来姐夫的喊声："你们回去吧！"

转过身，我走在前面，母亲举着烟秆火把跟着。

寒风呼呼刮着，火把游动。

手电

手握一束雪亮的光

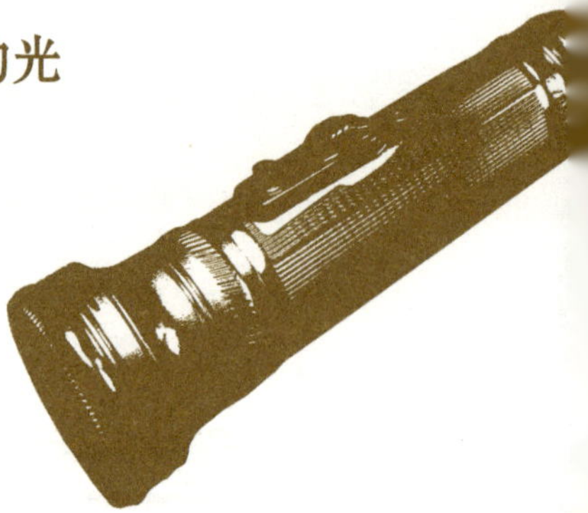

我张开左手掌，缓缓捂过去，贴近了凉滑的圆玻璃，雪白的光柱随之被压扁。周边的黑暗又重重地压了过来，呈包抄之势，最后围合如墨。我的手指和掌心顿时红得通透，血光温润，晶莹如玉。移开手掌，白色光柱一弹，又直直地射向了石板巷狭窄的夜空，冲到星子高远的天上去了。

家里的第一只手电，我已不能确切地记得是买于何年何月。但能肯定的是，我家的新瓦房建于 1982 年。这之前，我们居住在青砖黑瓦的大厅屋的逼仄一角。那个时候，生产队刚解散不久。农闲的日子，村人成群结队，到几十里路外的林区背杉树回家。然后，在逢圩的日子，再背十余里山路，去圩场卖掉。在买卖之间，赚几角到几元不等的差价。背树是件苦力活。那时我家，大姐早已出嫁，只有二姐刚成年，又没上学，背树赚钱的重担，就落在了她的肩上。背树常常是天尚未大亮就上路，有时要大半夜才回来，因此，有人背树的家庭，陆续买了刚刚时兴起来的手电。我家第一只手电应该就是为了给二姐背树，从江对岸的油市塘供销社买的。

那是一种能装两节电池的手电。手电筒是铁质的，周边是密集的竖条纹，白亮泛光，握在手里有光滑的凹槽感。筒身上部靠前的位置，是开关，两个小指节大小，大拇指搭在上面，前后推动，一开一关。开关前方，是一粒红色凸出的小圆柱。手电头明显比筒身短而大，通过旋转螺纹，与筒身相连。手电头光亮的铁壳里面，嵌了一块圆玻璃，一个漏斗状的聚光金属碗，一粒小灯泡。对着屋墙或地面，旋转手电头外壳的松紧度，能将手电散光归圆，归成一个比鸡蛋还小的明亮光点。光点越小，射出去的光柱就越笔直细长，照得更远，也更亮。手电屁股很短，里面的金属片像一朵开放的花，拧紧了，抵住电池的底部。屁股外面有两个小洞眼，一根门框状的铁质小拉手能推进拉出。有些人在拉手上绑一根长带子，另一头绑在手电筒前部，斜挎在身上，既防摔，又能腾出手来干活。以后，村里出现了更多的大头手电，是装三节电池的，光柱更加粗大。

长久以来，村里人夜晚出行，靠点燃干烟杆、干葵花秆、干苎麻秆或煤油灯盏照明。若是碰上大风大雨，夜行照明就变得尤为艰难。手电的出现和普及，改变了村里人的照明方式，使得夜行不再为天气所困，同时也催生了一些新的生活方式。

照田蛙是中青年男子爱干的事。那时青蛙和泥蛙多得很，尤其在夏夜，村前的稻田到处是此起彼伏的嘹亮蛙鸣。很多人在吃过晚饭后，腰扎鱼篓，拿着手电，去田埂上照田蛙。据说手电光照着田蛙，它就会蹲着不动，伸出手，小心一扑，就能抓住。第二天一大早，村前的水圳边，很多人提着满篓子的田蛙宰杀。田蛙守护着稻田的丰收，却被人为了口腹之欲而遭无端捕杀，实在是不该之举。

相比而言，照麻雀就是那些喜欢没事找事干的捣蛋鬼做的事情。村里很多房子的屋檐下，常年挂着一篙篙的干红薯藤和稻草，到了晚上，就成了麻雀的窝。这些好事者，背了高楼梯，打着手电筒，一篙篙寻过去，也常常能捕捉到一长串扑打着翅膀的老麻雀。

真正算得上养家过日子的，是背杉树。到了傍晚，饿着肚子，辛苦奔波了一天的背树人，低头弓背，背着一根长长的杉树陆续出现在村前的山口，沿着弯弯曲曲的田间小路朝村里艰难走来。这些杉树或大或小，半干半湿，白白亮亮，只在尾巴上还留了一段黑色的树皮，压在肩膀上，很是沉重。这个时候，便有很多收工回来的家长，急匆匆带上手电，赶路去接尚离村很远的亲人。有些人甚至要深夜了，才伴着手电光回到家。

有一年农历五月的一天，二姐和隔壁的爱华，跟随村里男子到几十里路远的西河边林区村庄背树。天未大亮就吃饭出发，半上午才走到目的地。各自买了一棵杉树，背了不远，听说前方有林业站的人在拦，只得又背回原地。一直等到下午林业站的人下班了，才重新背树下山。一整天没吃没喝，她们两个女孩又饿又累，汗水泡得浑身湿透，走走歇歇，实在拖不动腿，远远地落在了同行人的后面。

天全黑了，在一个名叫金子坪的地方，她们遇到了一个正在歇气的背树老人，于是也坐下来歇歇。老人 60 多岁，交谈中得知，他是隔壁油市乡大冲村人，有个女儿嫁在距离我们村不远的侯家村，打算夜里到女儿家住一晚。他问我二姐："姑娘，这么辛苦背树，你是为了什么？"二姐说："为了家里过日子。""好！"老人缓缓地说，"如果是为了买新衣服，就没必要。"

一路上，三人结伴而行，走一会儿，休息一会儿。这样又走了很久，才遇到我母亲和爱华母亲打着手电来接她们。走着，走着，已是大半夜。就在快进侯家村时，老人劳累过度，突然跌倒，头脸朝地，重重磕碰在一块石头上，血顿时像水一样涌出来，腿都没动一下，当场就死了。

这是二姐背树生涯中最难忘的经历，每每说起，都眼泛泪花。家里的那只手电，也陪伴她走了无数次山路，变老，生锈，成了艰辛岁月的见证和记忆。

第四辑

村俗篇

银器

乡村人家的奢侈品

自懵懂小儿起，“金银财宝”这个词，就常在我耳边打转转。我的父亲不识字，却是讲古的高手，母亲常说他是“老鳖记得千年事”。我和姐姐喜欢听古，差不多每天晚饭后，就缠着他讲。父亲是每求必应，呵呵一笑，就能慢条斯理讲起来。真不知道他肚子里哪来那么多千奇百怪的故事，这之中，就有许多是关于金银财宝的。

现在想来，那些因果报应意外拥有了金银财宝的虚幻故事，不过是寄托了普通人对财富的向往，等同于痴人说梦。现实生活中，地处僻壤的旧时故乡，能有几户是多金多银的呢？一般的人家，一辈子也就三两件小银器，或是陪嫁的物品，或是孩子的饰物。

我的家里曾有过几件旧银器。其中两件是母亲的嫁妆，一根银发簪，一个银针筒。另有我儿时戴过的一顶旧帽上的两只银响铃，几个银菩萨。

母亲生下我，已近四十岁。在我儿时的记忆里，母亲有着一头浓密的黑发，每天早上梳头，她会从脑后拔下一根白亮的银簪，散开碗口大状如圆盘的发髻。梳头似乎是她很惬意的时光，她坐在矮凳上，斜着身子，挽着一肩长发，轮换着用木梳和篦子一遍遍细细地梳理，把头发梳得笔直顺畅，仿佛黑缎。末了，她屈着双臂伸向脑后，将一大束油光发亮的长发重新盘成髻，插上那一根陪伴了她多年的银簪子。母亲的银簪，约莫巴掌长，扁平如一片柳叶，两头略尖略大，中间微微弯曲。这银簪就像一根别针，能管住发髻不散。有时，母亲还要在发髻外面套一个黑色的兜网。梳头盘髻后的母亲，神清气爽，就像这根日夜与发丝肌肤相摩挲的银簪一样，焕发着柔和圣洁的容光。

家里有一只旧花篮，常年放在墙角的宽板长凳上。这是母亲做针线活的竹篮子，里面是各种大小不一的布片、旧袜、黑白的线团、剪刀、顶针，还有一个银针筒。空闲的时候，母亲就提了花篮，坐在窗下，或者坐在厅屋里，缝缝补补。那些细细的长针，就装在小指粗的银针筒里。常常，我们的手指或脚板刺进了荆棘，母亲也会拿出银针筒，拔开盖子，掏一根针来，给我们挑刺。有时，尖刺入肉很深，尽管母亲手法轻柔，依然挑得血肉模糊，痛得我们哎哟连连，眼角泛泪。

那时候，村里刚出生不久的孩子，到了秋冬，会戴一顶风帽。风帽多是青布缝制的，夹了一层薄棉絮，后面及颈，两旁遮耳，上面用彩线绣了虎头或花枝。在风帽的前额处，密集缝上几个银菩萨，或五个，或七个，或九个，正中央的一个最大，两边对称。这些银菩萨，盘腿而坐，上仄下宽，大致呈三角形，形态各不相同，面相慈祥，笑容可掬。有的风帽后面，还系了两只拇指头大的银响铃，孩子的头一摇动，就丁零当啷地响，声音清脆。

我家也有一顶这样的风帽，据说是专门给我戴的。我有记忆时，这帽子早已不戴，放在衣柜的抽屉里。有时拿出来看，那些银菩萨已然色泽黯淡。

在村里，我所见过的最大银器，是蠢德的银项圈和银锁。他是我的邻居，年纪比我略小，也是家中唯一的男孩。他自小身体单薄，口吃，被他的父母视作命根子。即便我们都到了上学的年龄，他依然戴着一个大大的银项圈和银锁，常引来大人和孩子围观。硕大的项圈和银锁，保佑着他长大成人。只是如今四十好几岁的人了，依然单身，这大约是他的父母当初不曾预料到的。

村里的这类旧银器，流传至今的，定然已经寥寥无几。很多年以前，曾有一些行商，鼓动如簧之舌，专门走村串户收购。我家的那几件旧银器，应该就是在那段时间，被我的母亲换成了几元几角的钞票，买了盐，溶进了菜汤，吃到了我们的肚子里。

红绳兜

四月初八兜红蛋

就像按时盛开的红色繁花，红绳兜也是在一天早上，瞬时开遍乡间孩子的胸口。与之相衬的，定然是每一张稚气的脸上，盛开的如花笑颜。

农历四月初八，想必现时在我的故乡，也不过是一个普通而沉寂的日子。可是，在二三十年前，尤其是在我的童年时期，那可是一个隆重的节日啊！这节日的名称就叫四月八，是真正的儿童节。

那时的山水田园是清秀的，尤其是村后的禁山，高枫密集，远看如墨。在这片关乎一村风水的山林里，还生长着许许多多种类的乔木和灌木，四时野果也非常的多。其中有一种乌饭子树，我们俗称杨东树（方言读音），在夏天结出满枝满树的小果，粒粒滚圆，如珠如豆，我们叫杨东子。青色的杨东子味酸，成熟后变成了乌黑色，味甜，就像现在流行的高档水果蓝莓，只是个头没蓝莓大。这杨东子是儿时我们爱吃的野果，能从盛夏吃到深秋。不过，在初夏的四月初八这一天，杨东树的嫩叶，却是村里一些主妇们的最爱。

家乡的习俗，每逢四月八，要吃糯米饭。糯米饭有两种颜色，有的人家就按照普通的煮法，是白糯饭，有的则煮成乌糯饭。煮乌糯饭，通常会事先将当天早晨采摘来的新鲜杨东树叶切碎，或者到石臼里捣烂，放进一盆干净井水里浸泡出乌黑的汁液。过滤后，再量了糯米倒入汁水中浸泡一段时间。这样，糯米就染成了乌黑色，煮出来的糯米饭乌黑喷香，能吃上一整天。

相对于糯米饭，红蛋更是这一天的主角。早在数天之前，家家户户的主妇们就在为这一天做准备。家里没有养鸡鸭鹅的，或向村邻买一些蛋，或赶圩买一些来，定然是逢双的吉利数。那时候，村里有几户人家常年放养一大群水鸭，几十上百只，我们叫放棚鸭。这几天，他们家的鸭蛋非常畅销，来买的人络绎不绝。

送蛋也是这几天的礼俗，至亲之间，给对方的年幼子女，送去吉祥数字的鸡蛋、鸭蛋甚至鹅蛋，算是送节。家里的红绳兜，这时也翻箱倒柜找出来了。这些小网兜，有单个的，有两个相连的，都是自家用小棉绳或苎麻绳编织的，染成了红色，每一个兜里刚好能装进去一枚蛋。四月八的一大早，做母亲的第一要务，便是煮成双成对的蛋，染成红色，装进红绳兜里，挂在孩子们的颈脖子上，或者系在上衣扣眼里。

这个时候的村庄，已成了孩子们笑语喧哗的欢乐场。每个人的胸前都像盛开了大红花，热烈炫耀，又小心呵护。男孩子们，三五成群，相互攀比红蛋的大小和坚硬。那时我们喜欢各拿了一枚蛋，相互撞击，看谁的先撞烂。先撞烂的，剥了红皮壳，狼吞虎咽地吃，吃得蛋黄直掉渣。后撞烂的，总是一副得意扬扬的样子，又寻找下一个比赛的目标。不过，为王的，总是拥有红鹅蛋的人，在一片红鸡蛋、红鸭蛋面前，是那样地令人羡慕。

红绳兜渐渐地空了，瘪了。到了傍晚，盛开了一天的红色繁花全都谢了。母亲们把红网兜重新收藏起来，以备来年的再一次开放。

滚铁环

叮叮当当的童年

那股风是从羊乌学校吹来的，似乎突然之间，操场上，上学放学的田埂小径上，村庄的石板巷子里，就流行起了滚铁环。

童年时代，我们所在的大队叫羊乌大队。我的家乡八公分村与羊乌村是本大队两个大的自然村，同是黄姓。倘使追源溯流，则羊乌村的始祖还是从我们村庄开派出去的。我读小学的时候，我们村庄的小学，是村北黄氏宗祠旁的一栋小楼，只有一年级和二年级两个班。到了三年级，我们就要去羊乌学校上学，学校在我们村前江流的上游，离我们村两三里路。

我那时有两个玩得好的伙伴：一个是住同一个大厅屋的满和，他和我是老庚，一个班的同学；再一个是与我家所住大厅屋仅一墙之隔的群德，比我低一个年级。他们一个的爹是民办老师，一个的爹是村里红白喜事的礼生，自然，他俩几乎同时就有了铁环和带了铁丝弯钩的竹撑杆。

早晨上学，我们都斜挎着脏得分不清脸面的布袋书包。不同的是，他们各自手里提了撑杆，撑杆钩子上挂着铁环。几乎出了家门，乌黑的铁环就在石板巷子里滚了起来，他们右手前伸着，握着撑杆，撅着屁股，追逐铁环。铁环在铁丝弯钩的夹控下，在石板上歪歪扭扭地奔跑和跳跃，发出一路清脆的金属的撞击声，叮叮当当。我跟着他们跑，满怀高兴，下坡，过桥，穿过稻田和池塘，上学的路径因此变得

十分短。有时，他们也让我滚上一段，弯弯曲曲的田埂上，也很多次留下了我伸着撑杆追逐铁环的身影。

我也很想能够拥有这样一套滚铁环的玩具。无数次翻箱倒柜，就是寻不到一截做弯钩的废铁丝，更找不到一个铁环，这很让我失望。我的眼光瞄上了家里墙角落的大尿桶，桶腰和桶底各有一根铁丝圈圈，锈迹斑斑，尿迹斑斑，但我不敢敲下来，我担心母亲的耳光，再说这样大的铁丝圈似乎也太大了一点。我又瞄上了喂猪的潲桶，潲桶上倒是箍了两个扁铁圈，尽管沾满了重重叠叠的陈潲，洗洗倒是很合适的铁环，但是我依然不敢敲下来。我无数次把渴望的眼光投向村头巷尾、猪栏、茅厕、阴沟、荒坪，触目所及，我真希望能突然有一个铁环或一截铁丝出现在我面前。我甚至多次设想，趁人不备，从别人家的潲桶上敲下一个桶箍。

我终究有了自己的铁环，铁丝弯钩绑扎在一臂长的小竹竿上。我用撑杆提着铁环，仿佛一个提笼架鹰的纨绔弟子。我又像是一名矫健的骑手，操场上，田野间，水圳边，石板巷子里，我驱赶着铁环骨碌碌地奔跑。

滚着铁环，童年变得梦一般飘飞得轻快。

155

滚珠车

禾场上的车轮呼啸

这是个什么东西？

躺在手掌上沉沉的，冰凉，油滑，浑身溜光，银亮。里面是一个小圆圈，可以伸进去两三个手指。外面是一个大圆圈，差不多能盖着手掌；两个圆圈之间，是一粒粒紧挨着的圆珠，像大圆豆，又像刚挂果的小李子。稍用力一拨，大圆圈和圆珠子就呼啦啦地转动了起来，顿时吸引了一大堆满含惊异的目光。有小伙伴得意扬扬地说，这是滚珠！钢的！

这东西哪来的？做什么用？钢是什么？钢就是铁吗？就是我们家火钳、锄头、锅子这样的铁吗？这个叫滚珠的东西白晃晃的，在太阳下还反光刺眼，不像啊。在闭塞的村庄，滚珠这个新鲜物件，一时让我想开脑壳都弄不明白。

但是不久，整个村庄都知道了滚珠的用处，就是用来做滚珠车。

住我家隔壁的爱德就有一把滚珠车，是他做木匠的爹做的。一块差不多宽半尺、长一尺的厚木板，后缘钉在一根粗壮的木棒上，木棒两端各安装了一个滚珠。前缘的正中，凿了一个圆孔，一根分叉的木棒从圆孔里伸出来，底下只装了一个滚珠。这样的滚珠车，村里又陆续出现了几把，我的同学祥生就有一把，他爹是煤矿工人。

还有一种形状略为不同的滚珠车。厚木板前缘正中，一根拧紧的粗大螺丝杆连接底下能够自如转动的独轮机关，机关另行固定在一根长条小木块上。人坐在滚珠车上，两手抓紧车板两侧，双脚踏在小木块上，身背后仰，稍稍用力交错蹬腿，就能左右控制前进的方向。

滚珠车在石板巷子里，在禾场上，呼啸而来，呼啸而去，横冲直撞，总能呼朋引类，吸引一大群玩伴。一个人躬身缩腿坐在木板上，两手握着木叉，或者两腿蹬着小木块，眼瞪着前方，一人在后面推着他的背猛力奔跑。笔直，转弯，滚珠飞速转动，声音巨大，尖锐刺耳。几把滚珠车一同在禾场上追赶竞技时，车轮声，欢呼声，地面如雷霆滚过，场面称得上壮观。玩伴们帮着推车，我也曾很多次被人推着，坐着滚珠车狂奔，简直就是一个耀武扬威的骑士。

有时候，一些点子多、胆子大的同伴，喜欢到长长的斜坡上，甚至长陡坡上坐滚珠车，刺激，冒险。往往人刚一盘腿坐上去，车就自行往下飞奔，手忙脚乱，高呼大叫，根本管不住方向，车子几晃，摔得车翻人倒。尽管鼻青脸肿，腿破血流，依然乐此不疲。

滚珠车玩了一些日子，我看见有车的小伙伴就从家里的暗处，拿出一个玻璃罐子，从里面掏一些油脂抹进滚珠里。这黏糊的东西说是黄油，也是一个新鲜的名字，像煮菜的猪板油，但色泽黯淡昏黄，异味浑浊。抹了黄油的滚珠车，转动起来更加灵活了。.

我是上了中学才逐渐明白滚珠和黄油究竟是什么东西。滚珠就是轴承，是支撑机械的旋转体，黄油能起到润滑轴承和防锈的作用。我一直不曾拥有自己的滚珠车，当我明白这些道理时，我的童年，童年时代的滚珠车，也早已没有了踪影。

铁管枪

声音响亮，硝烟微香

是的，我向来总是思维愚钝，事事落于人后。

比如那根铁管，一端有个纽扣般的小圆帽，修长，笔直，乌黑。握着抵在眼珠上仰望，能看到一粒小黄豆大的白色的天空。但是直到现在，我都不能明白它们是如何结伙成群地抵达我童年的村庄。与它们一同来的，为什么还有胶皮炮丝？红的，黄的，绿的，蓝的，紫的，五彩缤纷，撩人眼目。为什么总是先出现在别的同伴手中？出现在有爹当煤矿工人的家中？而不是我的手中，我的家中呢？

临近过年的日子，村庄不时响起零星的爆炸声。那是一群一群的顽童，嬉笑捂耳，在石板巷子里游荡。当中有人得意扬扬举着冒烟的香火棍，从衣服口袋里掏出来，单个地燃放鞭炮。或者是从一张横竖密密麻麻、整整齐齐布满炸药点子的红纸上抠下一粒，状如圆豆，色泽金黄，放在石墩上、石板上，一铁锤敲打下去。更有王者风范的，是手中握一把十分扎眼的铁管枪，朝天扣动了扳机。这些声音清脆，响亮，满含硝烟的微香，在这个时节里，无疑有着吸引人心的魔力。

我那时最羡慕的，是能有一把铁管枪。自从铁管和炮丝出现在我们的视野，似乎没有多久，就有同伴的手里拿上了新奇的铁管枪。枪身是铁丝手工折叠敲打而成，手枪的模样，缠绕着炮丝，色彩亮丽。上面用炮丝绑一截铁管。铁丝做的扳机。铁丝做的枪栓，塞进铁管，套着黑色的弹力胶皮，一拉，挂在枪屁股的突起上。举枪扣动扳机，枪栓尾钩一弹，立刻击发。若是事先捏着枪栓头往铁管嘴子里塞进纸丸子，塞紧实，再填进几粒炸药，开枪，啪的一声，甚至能在木板门上打出一个浅浅的小坑，火力十足。

没过多久，同伴中有了铁管枪队。一个个，枪握手中，或别在腰间的绳子上，扮解放军，演抓特务。朝树枝上屋檐上瞄准，打鸟。高呼小叫，冲来冲去，神气活现。

我一直为拥有铁管枪这个目标努力着。有玩伴做铁管枪，我就瞪着看，打下手，帮着用小锯片子锯铁管，递炮丝，捡拾他们剩余的长长短短的炮丝。为了一截手掌长的铁管，我费了不少周折，最后靠着打纸板的游戏，积攒了厚厚一踏纸板和碾米机的废皮带，交换得来。铁丝也从我家旧筛子提耳上找到。

过年的时候，我拿着自己的铁管枪，缠着母亲到江对面的供销社买了一张红纸炸药。

啪！我朝天开了一枪，声音响亮，硝烟微香。

渔网

江上春洪捞鱼虾

三十多年前的旧时故乡，山披密林，流泉广布。村前的江水是深阔的，纵横交错的溪圳碧水盈岸。池塘如镜，水田漠漠。古柏，古枫，古樟，古柳；老鹰，老鸦，老燕，老鹊；牛耕，狗吠，鸡鸣，猪睡。屋瓦是黑的，炊烟是蓝的，人是安详的。真是一幅好画图呵！

在这样多水的画图里，鱼虾泥鳅是多的，渔网自然也是多的，有捞网，有扳网，还有撒网。这种种大小形状不一的渔网，有从十里外的圩场买来的，也有的是村人自己搓麻绳编织的。

捞网如斗，最小，也最多。网口如张大的鱼嘴，由两块二指宽弓成半月状的竹片制成。两块竹片叠合在一起，两端用烧红的大铁钉或火钳烙一个洞眼，用铁丝穿起来固定，能随意张合。其中一片没有底弦，网子则绑扎在有底弦的竹片上。捞鱼时，左手握着没底弦的竹片弓顶前拉，右手把住扎了网子的竹片弓顶，中间形成一个夹角。这样的渔网，适宜在过年过节干鱼塘时，捕捞在泥水里闷着头冲过来冲过去的大草鱼、大鲤鱼。平素的日子，多在溪圳里捞小鱼小虾。

曾有些年，村里流行一种像眼药膏的药物，是从圩场买来的，村人叫醉药。挤一点到溪圳里，不一会，附近一块小水域上面，就能看见很多黑色的小虾子在游动，水草丰盛的岸边更多，密密麻麻。我的母亲在空闲的时候，也常拿这样一支醉药，带着捞网和小木桶，到村前的溪圳里捞小鱼小虾。然后把小鱼小虾烘干了，装进篾挂篓里，积攒起来。

到水宽岸陡的江水里捞鱼，则须将捞网两块竹片尽量张开，在其弓顶用棕绳绑一根长竹篙，绑在篙子根一端。这样的长篙捞网，在涨洪水的日子，村人会纷纷背着，腰扎鱼篓，或者提着桶子，赶到江边。

夏秋两季，癫江时有发生。这种事情，多是沿岸村庄的好事者发起的。下药时间一般选择在后半夜。起初是把大量的茶枯饼烧黑冒油后，捣成粉末，用谷箩筐挑了，一担担浸在江水里泡洗。随着茶枯粉末和油脂泡沫在水面流动，小鱼小虾纷纷冒头，在河面乱窜，翻白。之后，各种大鱼也逐渐癫狂。天明时，沿江两岸的村庄，已经被癫江的信息撩拨得处于亢奋状态，岸边到处是大人和孩子，笑着，喊着，跑来跑去，扛着或提着长篙捞网，不停捞鱼。有时，将死未死的大鱼在捞网到不了的江中央，眼尖的人，会同时跳进水里，奋力朝目标游去。到午后，药力渐渐消退，癫而未死的鱼，又恢复了活力，水面如常，捞鱼的人才慢慢消散。这一天，家家户户的油烟，都能闻到煎鱼的香气。以后，随着化肥、农药的盛行，就多使用农药癫江，效果更快，也更频繁，鱼死得也就更彻底，大大小小，子子孙孙，难以幸免。

相比而言，我更怀念在洪水里捞鱼的时光。那是一种原始的捕捞方式，大风大雨中，不少村人头戴斗篷，身披蓑衣，扛着长篙捞网，高卷着裤腿，光着脚杆和脚板，在岸边缓缓地走。他们相隔着一段距离，不时停下来，两手握着长篙，把捞网伸进黄汤漫漫的江水里。有经验的人，多是选择这样一些下网的地点，比如岸边回水湾，草木竹子繁盛的地方，有小水流自岸坡下泄的口子，或者溪水的交汇处。这些地方水稳，鱼儿泥鳅聚集。一网下去，定有收获。不过，有时也会有例外。记得曾有一次，我在河岸凸出的大石边捞了一网，沉沉的，拖出水面一看，是一条差不多有手臂粗的黄皮蛇。我吓得赶紧用力一抖网，“扑通”一声，将蛇抛进水里。我的胸口怦怦直跳，提了捞网，急急走开。

也有站在岸边长久不动的人，那是在用扳网捞鱼。扳网是一个大家伙，由一根大竹篙或修长杉木插在岸边固定。巨大的网子就像一面方形大帐，四个角绑扎在两根呈剪刀交叉的长条细竹上，通过一条绳索放下或收起。捞鱼的人，一般是经验丰富的中老年人，性子缓慢，不急不躁。在洪水里，扳网每沉浸一段时间就拉上来一次。那些鱼虾、螃蟹，甚至团鱼，就在下坠成弧的网子里，跳跃，攀附，或爬行，水线水珠溅落水面。

在洪水里派上用场的，当然还离不开撒网。村里有些人，就是提着一张沉甸甸的大撒网捕鱼。他们走起路来，网底一大堆乌黑发亮的铅坠子哗啦哗啦作响。看撒网捕鱼，感觉是一种享受。只见撒网人选定了位置，两手抓着整理好的渔网，扭身猛力一甩，一张圆圆的大网扑向江面，溅起一圈水花。随着渔网下沉到底，手中的网绳开始回拉，朝岸边靠拢。最终，渔网收紧出水，拖上来，提到岸上。俯下身子，一一散开网兜，捉了大大小小的收获，放进腰间的篓子。

撒网捕鱼不只是限于雨季洪水泛滥的日子，一年四季，村前的江边都能看到它的身影。在盛夏，村人甚至常联合几张撒网，组成两道网墙、人墙，面对面，对一个江段进行围捕，叫围鱼。围鱼堪称一场大型活动，岸上是抱衣裤、提篓子木桶、看热闹的人群。水面是两排黑压压的头颅，他们曲着身子，浸泡在水里，双手在水下抓住网边，相互叫喊着，慢慢往前游走。不时会有大鱼被抓住，举出水，扔上岸，引来阵阵欢呼。

165

鸟铳

乡村猎户的老标配

有村以来，哪个曾是我们这里第一个持鸟铳的人？

在我们这个有着六百余年村史的大村庄，历代的先人定然是一个庞大的数量。可以想象的是，这几百年间的山水风物肯定比现在好得多，林木深广，江满水清，鸟兽成群。一代一代狩猎打铳的人，自然也少不了。可见，回答这个问题的难度，不亚于判别一丘水田里到底哪一株稻子最先抽穗扬花，任谁也说不清楚。不过，要问谁是村里最后一个拥有鸟铳的人，我以为，应该是土光老哥。

166

村妇骂男人，或漫无目的地骂巷子，常破口大骂这样一句恶毒话：“你个炮子打的，不得好死呢!”小时候我曾纳闷，这炮子是什么东西？日渐长大，才明白，炮子就是平底锥形铁皮壳里包裹了一粒炸药的东西，约莫筷子头大，倒扣在鸟铳手柄上面一个叫“奶婆嘴”的凸起上。扣动扳机，那个有如曲颈状俗称“鹅弓”的铁机关，瞬间砸上炮子，引燃铳管里的土硝，嘭的一声巨响，枪口散开一片黑烟。可见，打炮子就是打铳。炮子打的，指的是诅咒对象被鸟铳打死或打伤，如同一只猎物。

凤才爷是上辈人中有名的猎户。在村里，他的辈分最高，朝字辈。一村子人，大大小小，老老少少，按辈分几乎没几个人不要叫他爷爷或老爷爷的。那时村人讲礼俗的风气浓，见到他，张口就是一声“凤才爷”。我很小的时候，凤才爷已是上了年岁的老人，确实像一个爷爷辈的了。他身体精瘦，走路矫健带风。天晴的日子，常会看见他出村打猎，雄赳赳的样子，穿着草鞋，肩扛一杆乌黑的老鸟铳，腰间绑扎一串长长短短的装备：一个装炮子的猪腰形皮盒，一个装土硝的牛角，一把带盒子的尖刀。两只汪汪大叫的猎狗总是与他相随相伴，忽前忽后。他无儿无女，有一个与他一样精瘦的老妻凤莲奶奶，打猎已成了他的日常生活。

曾经独自一人在村边一处山岭上打死一只老虎，让凤才爷在年轻时就名声大噪。这也是村人亲眼看到的最后一只老虎。我的母亲剪下这老虎的尾巴尖，缝在帽子上，做了辟邪的物件。这帽子我的几个姐姐戴过，后来又戴在了我的头上。

在我童年和少年时代，村里有鸟铳爱打猎的人，还有杏才爷、五节爷、日德，他们都是中老年人。只是日德辈分小，比凤才爷小了五辈，比我还小一辈，村里人多是直呼其名。他们打猎只是偶尔为之，并不像凤才爷那样专务此业。有时候，村里这些有鸟铳的人，也会结伴出猎，甚至还会联合附近村子的猎户。那样的出猎场面，人多，狗多，鸟铳多，堪称壮观。

不过，与这样的浩大场面不相称的是，所获的猎物，无论数目和体型，往往都是少而小。傍晚回村，鸟铳杆子上，不过吊了几只野鸡、野猫、野兔之类。野猪、獐、麂，这些大型野物已经很少猎获。有时候，空手而回，也是很寻常的事情。

那时，村庄的上空，偶尔还有老鹰盘旋。老鹰出现的时候，地面上的鸡就吓得东躲西藏，便有孩子和妇人们大喊大叫：“岩鹰把鸡了！岩鹰把鸡了！”企图以此方式，吓阻正欲俯冲下来的老鹰。这样的情状之下，也会响起一两声嘭嘭的鸟铳声。只是老鹰已抓了鸡，振翅云天，远远逃遁于苍山野岭。

生产队解体之后，自然环境急剧恶化。尤其是山岭，乱砍滥伐非常厉害，时有山火突发，漫山遍野焚烧。昔日茂密的山林不见了，流泉山溪不见了，江流日渐萎缩。鱼虫鸟兽，也纷纷销声灭迹。村里的几个老猎户，或死了，或干脆放弃了那一杆杆老鸟铳。

杏才的老鸟铳传给了儿子；五节的老鸟铳被他的同村女婿继承了；

日德的老鸟铳则拿到了他侄儿的手里；凤才无后，他的老鸟铳不知所踪。一杆新鸟铳进了村，买铳的人是土光。

这些新的打铳人，已称不上是猎户。他们年轻，打铳更多是出于新奇和爱好。其实，到了他们这一代打铳人，周边的山岭基本没什么猎物可打，顶多打个野兔，打几只巴掌大的野鸟。兴冲冲地打了几回铳，或有所获，或无所获。兴致一过，这几杆老鸟铳就弃之一隅，任其蒙尘生锈了。独有土光那杆新鸟铳，时断时续地将稀稀拉拉的嘭嘭声坚持了好些年。

我一直不曾触摸过鸟铳，甚至连仔细看一遍的机会都没有。那时我年纪小，那样一件危险的东西，我不敢碰，也没人会让我碰。以后，等我想仔细观察一下鸟铳，想像一个猎户一样，往铳管里上土硝，压炮子，持铳，瞄准，扣扳机打铳，鸟铳已经彻底从村庄消失。土光老哥说，他的那杆鸟铳，是1990年代在一场民间枪支收缴运动中，主动上缴了。

关于土光老哥一鳞半爪的狩猎经验，我是从他的叙述中得知的。他说，他猎获的最大猎物是野兔。“夜里去打铳，头上戴一盏矿灯，以前是自己改装的手电筒。照着兔子了，它的两只眼珠子放出黄光，瞪着我头上的光，一动不动，铳口对着它也不会动。只有那些从铳口逃脱过，曾受过惊吓的兔子，见了光就会逃跑。”

听到这里，我为那一只只涉世不深不会逃跑的兔子难过，更为那杆鸟铳感到悲哀。对一杆新鸟铳来说，当村庄的山林里，只有几只零星的野兔是它最大的目标，它的心里想必一定有着生不逢时的慨叹。

169

棕绳

长短粗细，各尽其用

村庄没有棕树，棕绳家家都有。长的，短的，细的，粗的，新的，旧的。

我们村庄周边一些山沟里躺着的小村子，十几二十户人家的，在他们村前或村后，能看到独立或成丛的棕树，光杆黑溜，树顶像野鸡屁股上成堆的漂亮长翎，散开着巨掌般的长柄绿叶，长柄下端披散着一圈棕黄乌黑的杂乱的棕毛，像一个多年不曾理发洗头的浪人。我曾经纳闷过，这样的棕树，为什么我的村庄没有呢？

170

棕树经年可以没有，棕绳一日不可或缺。

早晨起床，许多人睡眼惺忪，眼角上两团黄白色眼屎还没有擦去，套用村人一句夸张的话："眼屎能打土砖。"便从门后墙角里顺手拿了一根铁钩扁担，挑了两只木水桶，出了门，走在石板巷子里，走向村前柏树下咕咕流淌的老水井。两桶清亮的井水挑上肩，一前一后两股棕绳把扁担拉得弯弯，咕叽作响。挑水的人络绎而至，往来交错，打着"早啊""挑水啊"这类顺口而出的招呼，板结的脸面渐渐生动起来。

村庄的箩筐有两种，大的叫谷箩，小的叫米箩。双抢割水稻之前，村人往往会在赶圩时买来新箩筐、新棕绳。在剪刀尖嘴的配合下，撬开箩筐四面外侧中央预留的穿绳篾孔，一根长长的新棕绳依次穿过，在箩筐底呈"十"字形交汇，打结。提起棕绳，犹如箩筐的长双耳。挑谷、挑米、挑炭、挑花生、挑红薯，甚至走亲戚时挑着一双小儿女，箩筐棕绳的长度可以根据挑者的身高挽结调整。

那时村庄的人家都养猪，每天煮潲需要大量的茅柴。年少的我们，有一项日常的工作，就是上山砍茅柴。尤其是周末和寒暑假，只要不下雨、下雪，几乎每天上午和下午，都要成群结队与伙伴们到远近的山上砍两个来回。上山时，我们各自带一把镰刀，一根柴枪，两副套了木勾子的棕绳。下山时肩膀上挑一担棕绳捆缚的茅柴，茅柴沉重，压得皮肉肩骨生疼，只得快步疾行，回家的路上，要歇息好几回。

那些用旧了，甚至已经断过很多次的棕绳，会派上别的用场。比如套在窗外墙钉上，用来挂晾衣的竹竿；套在木梁上，挂菜篮，挂箩筐，挂需要躲避老鼠的物件；也可以用于别的使用棕绳的地方。总之不会轻易丢弃。

长长的棕绳，也在村庄禁锢着自由。牛永远被一根棕绳牵住了鼻子，狗一旦被买狗人套进了棕绳套，其命运可想而知。在我少小的时候，偶尔有想不开的村人，用一根棕绳了结余生。

有一种粗如手臂的棕绳，每户家庭差不多都有一根。一端打了一个死结，比拳头还大。这根棕绳用来将箩筐里的稻谷和米扯到楼上，倒入谷廒或米缸。在我十几岁之前，家里是父亲干这个活。他双脚跨站在楼梯口，俯身朝下，从楼上垂下粗棕绳来。我们站在下面，将箩筐的细棕绳挽一个大活结，挂在粗棕绳的死结上。父亲用力将粗棕绳一下一下往上拉，最后提住活结，把沉重的箩筐稳稳地放在楼板上。少年时代，我成了干这个力气活的接班人。

村里也有这样粗大的公用棕绳，每次使用，要同时用上好几根，那是用来绑扎出殡的棺材和龙杠的。抬棺的"八大金刚"脚步缓缓向前移动，沉重的棺材在两根圆木大龙杠的裹挟下，一沉一浮大幅度晃荡，与粗大的棕绳发出嘎吱嘎吱的摩擦声。到了山上新挖的墓穴边，龙杠拆了下来，村人拉着粗大的棕绳，将棺材缓缓放进墓坑。

拉出棕绳，掩上黄土，一段或长或短的人生，就此回归地母的怀抱。

喇叭

吹出多少儿女泪

每每想来，这已成过去的大半辈子中，总有一个小遗憾，就是没能学会一件乐器。

按说，我的乐感还不错。从小我就无师自通学会了吹口哨，无论歌曲或调子，我听后，就能用口哨吹出来，而且还好听。小时候，村里出殡，或者打神狮子，又或者是香火龙灯扫宅，总有一支响器班子，吹喇叭，击铙钹，敲大锣小锣，打鼓。我就爱紧跟着去听，看那为首吹喇叭的两个人，两臂前伸，十个指头抵扣住喇叭的细长圆管，不停地起起落落。他的嘴巴紧贴吹管上套着的一块掌心大的圆铜片，两腮一鼓一瘪，仿佛含着两枚吞吞吐吐的鸡蛋，脸憋得通红。他们专注地吹着，吹得口水从菜碗大的喇叭口一线一线地流下来，滴在行进的路上。他们一口气吹出来的喇叭调子很长，不过，我能轻易就模仿出来：“乌里哇里乌里哇——乌哇哇里乌里乌——乌里哇里乌里——乌里乌里乌——”他们从嘴里拔下喇叭，铙钹锣鼓顿时响了起来：“车车车车车车匡——车车匡车车匡车车匡——匡匡隆匡隆隆匡——”两人缓过一口气，腮帮一鼓一鼓，又“乌里哇里乌里哇”吹起来。响器就这样循环往复地吹奏和击打，激越，高亢，激荡着人心，响彻整个村庄，传向田野和远山。

那时，农闲的日子，大伙也没什么娱乐活动。村里的青年男子就常常聚集在村前朝门口，学打响器。年纪大的，自然担任起义务教学的师傅。即便从未上过手的人，只要和着节奏尝试一番，就能把这几样响器击打得像模像样。可是，要学会吹喇叭就没这么简单，得拜师，得长年累月坚持练习。这不仅要有音乐爱好，更要恒心和毅力。

曾有许多年，每天晚饭之后，夜深人静，村庄的几个角落里，就会响起学吹喇叭的声音。起初他们都吹得断断续续，咿里哇啦，一点也不着调，很难听，不少人笑骂“像打屁一样”。学吹喇叭的是几个已婚或未婚的青年人——国治、隆良、仁福、庆华、孝秋。他们师从有别。国治的师傅是村人友明的女婿国节，他是外村人。其他人跟随本村已上了年岁的老师傅仁友和良顺。隆良是仁友的独子，也算是子承父业。几年后，这五个吹喇叭的新手都出了师，渐渐成了村里村外丧事场上吹喇叭的主角。

那时候，我们这些小孩子常爱玩一种吹喇叭的游戏。用镰刀从油桐树上剥下一块宽大厚长的皮，卷成喇叭的形状，上面割出一排小孔，蒙上指头，也能吹出声音来。或者就空着两只手，半握着，像喇叭一样举在嘴前，一面装模作样地起伏着指头，嘴里唱着“乌里哇里乌里哇——乌哇哇里乌里乌——”神气活现。

三四十年来，这几个喇叭手，将村里村外已难以计数的老人吹上了山，也把他们自己吹成了满脸风霜的老人，甚至把他们的一个同伴吹进了黄土。他们曾是村里打神狮子的吹手，但这项自古流传下来的民俗在他们手中终结了。他们也曾是村里春节龙灯倒灯的吹手，不过这也成了陈年往事。

有一年清明节我回到故乡，听平光老哥说，现在村里老人出殡，只有国治一个人吹喇叭了。我很惊讶，孝秋、隆良和仁福不是还健在吗？平光哥说，现在孝秋已经不吹了，隆良和仁福与几个外村人组成了一个乐队，他们不再吹喇叭，改吹那种有好多个长长短短竹管子的乐器了。

以往，村里的丧事上，一个响器班子，有两个喇叭手。讲排场一点，有时请两个响器班子，一前一后，热闹非常。看来现在这样的丧葬仪式也已然式微，从简了。

“他们没有收徒弟？”我似乎有点明知故问。

“谁学啊？那么个吹起来口水掉掉的脏东西，又挣不到钱。”

175

神灯

缅怀神台上的先人

过节，过年，家人过生日，早稻尝新，肥猪出栏宰杀，这些一年中重要吉祥的日子，母亲必定洗净双手，从厅屋的神台上拿下那只干渴蒙尘的白瓷调羹，添上金色的茶油，一根白色的灯草，重新放回神台搁板中央，点亮。空阔的神台，顿时充满了神秘和凝重。

母亲一脸肃穆，低着头，双手举过头顶，端着一只装肉的大碗，热气缭绕。她恭敬地站立在神灯前，嘴里念念有词，模糊不清。末了，她收手抬头，脸色和悦，端着肉碗，跨过门槛，回灶屋继续做菜做饭。

我曾经问母亲，敬神时嘴里说些什么？母亲微微含笑，说：“就是保佑你们啊。”我也曾无忌地说，神台上是空的，又没有人，碗里的肉也没吃。母亲顿时有了愠色，责备我说：“要打你蠢子嘴巴！这样说话有过的。奶奶爷爷祖公祖婆都在神台上坐着。你不看见他，他们会看见我们，保佑我们！”

年复一年，母亲恭敬地点亮神灯，从黑发中年，到了头发花白的暮年。我们在母亲肃穆的祝祷中，成长，成家。

2001 年暮春，门前的小溪清澈流淌，溪岸一排高过人头的橘子树，开着一树树细小白色的繁花，香气浓郁。曾有一个多月，我不停地往返于县城和村庄之间。

这一次母亲病得很重，算是彻底病倒了。她的腹部鼓胀，剧痛。母亲自知去日不多，坚决不肯去县城就医。她担心死在外面，按祖辈传下的说法，这样的人，魂魄归不了家。好在大姐是乡村医生，大姐夫也在家。平时，白日里就由他们照料母亲，打针，吃药。晚上父亲陪着母亲。我断断续续在单位上班，随时按照大姐的吩咐，买来针剂和药品。我曾经看到母亲痛得双目紧闭，大汗淋漓，几个小时双腿笔直地伸着，一动不动。我心如刀割，却又没有办法。我甚至默默地念叨，如果可以，我愿意缩短寿命，换回母亲的健康，少一份痛楚。大姐叫我赶紧去药店买止痛药，说母亲可能已是肝癌晚期。有很长一段时间，母亲的剧痛就靠注射杜冷丁暂时压下去。

有一天，母亲气色好了很多，在床上躺了差不多一个月后，竟然能起床了，腹部也没那么鼓胀，似乎消了很多，只是脸上依然苍白而憔悴。她要大姐给她梳了头发，背了一条长凳，坐在屋外禾场上晒太阳。母亲虚弱地笑着，说已经好久没看到太阳了。她甚至拿出我买的药品给前来看望她的村邻看，说这些药要 5 元钱一粒，贵，是我孝纪买来的。“就是我这病啊，”母亲说，“阎王老子要你活好久，簿子上注定了的。”母亲头发花白，笑容平静，在她目光投向的远处，正是村前江对岸我家的碧绿茂盛的油茶山，我仿佛看到了某种意味深长的暗示。

母亲再一次躺倒。几天后，离开了人世。甚至等不及看上我最后一眼。

我是黎明时分，在县城接到父亲的电话。父亲电话中平静又简短地告诉我：“你妈妈走了。”我当即呆若木鸡，泪眼模糊。我匆匆赶回家，抱着母亲的遗体，泪流满面，长哭不已。没有守护在母亲弥留时刻，让母亲满含牵挂和思念而走，是我此生无法弥补的遗憾。

母亲的坟墓就在江对岸，我自家的油茶山上，这也是她和父亲事先就看好了的。很多年前，她就曾多次说过，她死后，要葬在自家的油茶山上，这里离家近，我们以后上坟也方便，而且她在山上一眼就能看见家，看见我们，回来也近。母亲每次说这些话的时候，总是满含笑意，一脸平静。地仙择地的那天，我八十多岁的老父亲，气喘吁吁，还特地跟了去，指定了大致位置。并留下话语，将来他也要葬在母亲身旁。

丧仪严格遵照村里的传统规制。出殡那天，母亲的灵柩停在村前的朝门口。我穿戴白色的长孝衣，抱着母亲的遗像，跪在母亲的灵柩前。黑色的棺木上，骑着一只纸竹扎制的白凤凰，“八大金刚”在捆绑抬棺的龙杠。村人宾客围绕，花圈肃穆。我的身后，跪着一长串我的亲人，孝衣绵延。

三声炮响，喇叭咽呜，开道锣鼓敲响，时辰已到。一片痛哭。

“妈妈，您慢慢走啊！慢一点啊！”我不停说着，声音细小，只有我和母亲能够听见。我泪眼模糊，站起来，转过身，领着母亲一步一步离开村口。

安葬好母亲，脱下孝衣，一行人下山回家。家里的大门口已换上了红纸对联，厅屋打扫干净，神台前摆放了两张连桌，桌上端放茶果酒杯。按照风俗，担任司仪的礼生让我们入座，挂红传杯，并迎接母亲的遗像，安放在神台中央，点上了神灯。

白瓷调羹，白色灯草，神灯明亮，如豆，如星，如微小的太阳。

我凝视着母亲略带愁容的遗像，神灯长明。恍惚中，我仿佛又看到了儿时与母亲猜谜的情景。

“白龙过江，头顶一轮红日，是什么？”

“点亮的神灯。”

钱凿

凿一份虔诚和敬畏

中元节，俗称鬼节，我们那里就叫七月半。

家乡的习俗，在七月半的前四五天，家家户户就陆续烧香焚纸，迎接逝去的亲人来家过节。这几天，每日三餐，主妇要恭敬地供上茶饭酒菜，请先人来享用，一面小声地念叨保佑全家兴旺平安一类的祷词。到了七月半这一天，供午饭后，焚化几个装了纸钱纸衣诸物的大纸包，放一挂鞭炮，算是送先人们每人带一个礼包上路，回他们的坟墓。因此这天下午，野外少了人迹，尤其是孩子，被家长警告

待在家中不要外出，以免运气低，撞上了野鬼。

记得在农村时，每年的这几天，我的父母都十分虔诚。早上起床后，洗漱，扫地，挑水，生火，一家人各尽其职。母亲必定是倒掉隔夜茶，把铜茶壶清洗干净，烧一壶新鲜的浓茶。然后烧香焚纸钱，在厅屋神台前的方桌上摆三个饭碗，倒上三碗琥珀色的热茶，放一盘炒花生煨烫皮，给祖先供茶，一天的恭敬就此开始。这几天的菜，也是按待客的礼数，每餐必有一碗新鲜的好菜，或者辣椒炒蛋，或者辣椒炒豆腐，或者赶圩买点猪肉，总之是尽一家之所能。据说泥鳅黄鳝是千万不能上菜的，在祖先眼中，这是一条条的蛇。每餐要等祖先吃过后，母亲在桌边奠了酒，把碗里的小饭团回一下鼎罐，我们这才装饭吃。自然，这平时少有吃到的好菜都下了我们的肚子，我尤其开心，饭量大增。我曾问过母亲，为什么祖先吃过的饭不能直接吃，要重新倒入鼎罐？她说，直接吃的话，容易丢掉记性。

我的父亲是个沉默寡言的人，他的虔诚很少体现在素来平和的脸面上。从外面干完活回来，他默默地从卧房的木柜里拿出厚厚的几刀黄纸、一把钱凿，坐在厅屋一角的矮凳上，打纸钱。钱凿是一个乌黑的小铁器，握在手中，略比拳头高少许，下端是形如铜钱的模具。打纸钱时，先把黄纸裁成手掌宽的纸币形状，下面垫一块木板。敲击钱凿要用木棒，大约是如用铁锤的话，怕用力把一叠黄纸打穿。钱凿从黄纸的一角开始打，打一下，纸上就留下了一个深深的铜钱印痕。一路路顺下来，钱凿印紧挨着，铺满了整张黄纸，一叠纸钱才算打成，又换上另一叠。

父母在世的时候曾多次说，烧给先人的纸钱，要用钱凿打上钱印，才是阴间能用的钱。光板的黄纸，在阴间是不能用的，是假钱。亦因此，在他们去世的那几天，我也曾找出那个父亲用过几十年的钱凿，坐在厅屋的一角，在他们的棺材旁边，默默地给他们打了一叠叠的纸钱。

只是这十多年来，世事变化太快。村里的旧房拆迁了，原先的那些老器物丢弃散失殆尽，包括这个小小的旧钱凿。再说现在的世道，人心已少了敬畏和恭敬。包括我也一样，认为祭祀先人，只要心意到了，意思意思就行了，全然没有了父辈那般的虔诚。每年过年过节，给父母祖先烧纸钱，全都是用光板的黄纸。况且市面上也少有敲了钱凿的纸钱卖，谁愿意干那个费时的活呢？

如今我在异乡，我倒想在闲暇的周末，买一刀黄纸，买一把钱凿，找一块木板，一根木棒，仔细打几叠有铜钱印的纸钱，烧给我的父母祖先。

可哪里有钱凿卖呢？

宗祠

乡人的来源与归处

在湘南山区，但凡古宅大村，往往都有规模宏大的古宗祠，有的至今还保存得十分完好。

经过一轮大拆迁之后，如今的故乡，明清时代的古建筑寥寥无几。所幸的是，我童年居住的那栋带天井的老厅屋还在，村边的黄氏宗祠仍完好地保存着。宗祠里那些高大的木柱、厚重的石墩，穿过遥远的时空，穿过我的童年、少年和青年，抵达我的中年，依旧巍然屹立。

十多年前，一个消息突然在偏僻的故乡不胫而走，打破了往日的宁静：武广高速铁路线要从村里经过，整个村庄都要拆迁！那段时间，村人谈论的大多是这个话题，有惊讶，有疑惑，有兴奋，有期待。不久之后，就不时有各级干部进入村庄，有工程技术人员带着各种设备进行测量和勘探。消息最终坐实，只是具体的线路走向，据说还没有定案。

村人开始为村边的老宗祠担忧起来，这是一栋有近两百年历史的古建筑，规模宏大。大家生怕铁路线穿过宗祠，把宗祠给毁了。那时，我在地方报社当记者，作为从村里走出去的读书人，我能深刻体会村人对宗祠的深厚感情，它是村庄的灵魂，是精神的归依处，是村人一直引以为傲的古文物。年年岁岁，村庄每逢重大活动，诸如祭祖、唱戏、耍狮子、开大会、放电影，都是在这里举行。村人办红白两喜，也是在宗祠里摆酒席。后面那些年，凭着职业记者的身份，在郴州境内，我去过不少乡村，也专程参观采访过名声远播的板梁、阳山、魏家等古村的建筑群落。即便在那些地方，也少有在规模和保存完好两方面能与之比肩的古宗祠。如此，我也担忧着，如果这样一栋已经十分稀少的古宗祠拆了，是多么令人痛惜！

黄氏宗祠坐西朝东，位于西面的高坎下。村庄的水圳也从高坎下流过，一年四季，流水清澈。高坎上是一条出村北的石板路，昔日里生长着一颗需要几个成人才能合抱的大枫树，枫树的枝丫，差不多伸展到宗祠的瓦面上。近旁是一片古梱树林，高大挺拔。童年里，这里绿树成荫，环境清幽。在生产队解体的前后几年，这些古树都遭到了毁灭性砍伐。

宗祠的正面和北侧是水田。南侧的前端临水塘，后端是生产队时期建的一栋小瓦房，是村里的小学。学校与宗祠之间的石板过道上，搭建了木板廊楼和楼梯，教室在楼下，老师住楼上。以后村小改址，建到了江对岸，这两间旧教室成了村人办红白酒宴的厨房。

整个宗祠呈三级台地布置，分上、中、下三厅，厅与厅之间隔着大天井。除了四面的青砖高墙外，大厅和厢房全然由木柱和梁架支撑而成，宽敞明亮，气势恢宏。我做记者的时候，曾专门丈量过这栋古宗祠，南北开间十七米，东西进深四十八米。一共二十八根独立木柱，大小各异，最大的两根位于中厅，一个成年人也只能勉强合抱。

我自小对宗祠的敬仰，全在于那些高大的木柱和石墩。一根根原木柱子，笔直光滑，呈现古旧的色泽，竖立在圆鼓状的青石墩上，直达纵横交错的屋梁屋顶。我那时无法想象，这么大的柱子，是如何砍伐运来，又是如何搭建起来的。中厅那些柱下石墩尤为精美：上端像巨大的南瓜，雕刻成一瓣一瓣的，被无数双手抚摸得光滑油亮；下端是棱柱状，底部对角伸展开四个粗大的尖角石趾。

那个时代，村里一直沿袭着古老的规矩，前厅正大门只有村里出了大人物才能开启。上一次开启这扇大门，还是解放前，村里著名留学生黄璧将军回乡葬父时，村人在这里隆重迎接过他。

童年里，我们在村小读书的课余，常进入宗祠里玩打仗的游戏。一伙人分成两派，一派爬到戏台上，一派在中厅，中间隔着天井，各自捡拾大大小小的石头砖块当子弹，躲在柱墩后面，相互对攻。弹雨纷飞，不分轻重，如今想想，都让人后怕。

好在高铁线路最终还是绕过了宗祠，这让村人终于松了一口气。

如今，黄氏宗祠成了市级保护文物。每次走进宗祠，看到这些熟悉的柱墩、厢房、天井和各种精美的木构件，总会想起许多远逝的时光。

第 五 辑

公用篇

石桥

小桥流水是家乡

故乡有两座古石桥，一在村南，一在村北。南为平桥，北为拱桥。

村庄横亘在西山的脚下，江流自南而来，将村前的水田一分为二，蜿蜒着向北去了。村人要去江对岸，按着行事的方便，或者过南桥，或者过北桥。

南桥位于两个小江洲的下游，从上游拦江石坝跌落下来的江水被江洲一分为三，在此又重新汇合，流经三个桥孔。江岸小竹丛生，生长着高大的柏树、梧桐、杨树、苦楝以及其他诸种树木。这里有一个地方，叫作江塘坪。过了桥，往南可去羊乌村，远则可达桂阳县的东城圩；往东，是对岸的小村油市塘，是赶十里外的永红圩的必经之地。

桥面是六根粗大的青石条，全是一样的规格，长四五米，宽约一米，厚约半米，每孔两根，搭在青条石砌筑的桥墩之上。桥墩造型也颇别致，朝来水的方向为尖角，最大幅度地减小了流水对桥墩的冲击。桥旁曾有一石碑，记载此桥建于明崇祯元年（1628 年），于今算来，已历经近四百年风雨。

小时候，我曾十分好奇，这么大的青石条是如何运来的？我们村庄周边并无这样的石山。有许多年，这个话题一直是村人的谈资。据老人们说，这六根桥石是先人在很远的地方打凿好，下面铺着圆木，一程一程滚动圆木运到村里来的。桥墩的砌筑也严丝合缝，我们下江洗澡，能看到整齐的桥墩缝隙里有一层薄薄的白色硬质物，抠都抠不掉，据说是用糯米饭拌石灰调制的砌筑灰浆，坚固异常。

每年春夏间涨大洪水，这条石桥总是会被淹没，两岸低处的水田，全都是漫漫黄汤，只有高高的树木，能断断续续画出江岸的轮廓。村人常站在高处，观望着湍急漫漶的洪水，有惊讶，有兴奋，也有忧愁。差不多要两三天，洪水退去，石桥才又重见天日，却也丝毫无损。

更多的日子，桥下是清澈的流水，游鱼成群，常能看到长嘴的翠鸟闪电般冲进水中，啄一条鱼，又猛然飞入岸边的深树。有时，我们从桥上走过，还能看到水蛇，竖着头，弯曲着身子在江面不停游动。江水倒映着蓝天白云，倒映着两岸的树木花草，倒映着四时变换色彩的稻田，倒映着过往的行人和禽畜。

这座石桥，也是村人举行重要仪式的地方。

一家有老人去世了，孝子孝孙会将老人临终睡过的草席、秆铺，穿过的衣物、鞋子，抱到石桥边的江岸，点纸焚香后，一并烧了，叫作烧稿荐。此后很长的日子里，江岸青草丛中会留有一摊长方形的黑色灰烬。行人路过，心里难免发毛。出殡的这天，长长的队伍行至桥头，必须在此放下棺材，举行庄严的桥祭。而后，才能过桥，抬往远山。

春节里，村人有扎香火龙的习俗。用稻草和木棒扎制龙灯，或七杆，或九杆，这是村里的主龙。其他的小龙，或五杆，或三杆，甚至一杆，多是小孩子玩的把戏，统称狗巴龙。到了晚上，草龙灯上插了燃着的香火，一群人举着，热热闹闹在村巷里穿行，挨家挨户拜年，发红贴，收香火或红包，一团喜气。元宵节晚上，龙灯倒灯，全村欢庆，敲锣打鼓，鞭炮声不绝于耳。子夜时分，所有的香火龙，全部舞动着，来到桥头。

主龙在石桥上舞动，红红点点的密集香火，在黑夜里画出幻影般的蜿蜒弧线。最后在一阵欢呼中，众人一齐将香火龙扔进桥下的江水。其他的狗巴龙也纷纷被扔进江里。龙归江海，春节也正式宣告结束。

191

北桥离村庄相对远一些，是一座高大的单孔石拱桥。它的对岸是一座名叫雷打石的高山，山势陡峭，山边有一处壁立的巨大悬崖，宛如雷劈。这座山树木茂密，风景美妙。山下拐角处，曾有一座小寺院，香火兴旺，因而这山取名庵子岭。最后一任和尚法名天惠，他本是耒阳人，还俗后住在本村黄氏宗祠，娶妻育有子女。我很小的时候，天惠已是老者。他的子女比我年纪大，我们常在宗祠一同玩耍。天惠和尚死后，他的子女去了耒阳老家。那座小寺庙后来成了本村一户人家的单家独院，村人又叫庄上。

庄上到石拱桥边，也就百十步的距离，远比村庄到这里近。这石拱桥处在江道拐弯的地方，靠庄上这边的桥旁江岸长有几棵参天古樟，靠村庄这边的桥头则长了几棵古椆树，两岸的大树虬枝差不多把石拱桥附近的江面都遮挡了起来。少年时，我们到庵子岭砍柴，经常坐在石拱桥上歇气。放牛的人，也常常把一群大水牛驱赶进树荫下的江湾泡水。

这座石拱桥离江面很高，发大洪水也难以淹没其顶。层层石阶已然乌黑发亮，缝隙里生长着野藤蔓。尤其是石桥的两侧，密密匝匝长满了薜荔，细长的藤条丝丝缕缕向下延伸，悬挂在江面上空，夏秋间，结着许许多多拳头大的碧青的薜荔果，我们叫作乒乓，是做凉粉的原料。

走过这条石拱桥，最近的村子是朽木溪。再一路过凉亭，穿村庄，可达十里之外的公社所在地，然后通往更远的地方。我上初中、上高中，上中专，往返于学校与故乡之间，都是从这座石拱桥走过。

这些，都是三十多年前的情形。

十多年前，村人修通村公路，将村北石拱桥两端的石板小径和一部分水田筑成了泥土公路，高过了拱桥顶。之后，又铺上了水泥路。石拱桥不见了旧日模样。那些高大的古樟树、古枫树，连同茂密的薜荔藤蔓，自然也了无踪影。而村南那座平石桥，在武广高速铁路修建时，被工程机械砸断了一根桥面石条。

如今，这两座石桥，就像两个残缺不全的老者，依然站在原来的地方，守望着这个因拆迁而残破不堪的空荡荡的旧村落。

193

江坝

拦一江清水好灌溉

一条游蛇般的细长水圳，上溯其源，总会找到一处拦江石坝。

现在想来，真要感谢祖先的智慧。一条清江从远处的山岭间流来，祖先们逐水而居，筑坝拦江，从江坝的两端开凿水圳，引向村庄，引向开垦的农田，引向依靠水力驱动的磨坊和榨油坊。一江两岸由此阡陌交错，良田广布，村庄相望，鸡犬相闻，世代繁衍而生生不息。

可以说，在湘南山区，每一个大村庄聚居的地方，村前必定有一条或宽或仄的江流，有几道或长或短的江坝。在我的家乡八公分村，村前曲折的江段上，就筑有三道石坝。四条水圳从这些石坝出发，将满圳清澈的江水送到村边，送到两岸广阔的水田，直到村庄的边界，甚至下游的村庄。在我的童年和少年时代，村庄的每一块水田，都能得到充分的灌溉，没有一处闲田。种植的季节，田野一片碧绿。临近收割，沿江上下，放眼尽是绵延的金黄。这差不多是村庄农田最鼎盛的时期。

三道江坝中，中间的那道与村南的石桥仅隔着两个平行的小江洲，离村庄最近。这石坝，筑在一处自然造就的石台上，此处江面最为宽阔，石坝的长度有三四十米，高两三米。石坝的中央，也是江水最深的地方，开有一个方形的大孔洞，两米宽的样子，向下延伸到江床，上面盖一块厚实的大青石板，是主要的泄水口。平素的日子，这个大泄水口用一根根浸泡发黑的大松木叠加着拦水。江水从松木间的缝隙里喷射而出，冲刷洞口里长满光滑青苔的石壁和底板，冲向前面的石头江床，白花花地翻着波浪，奔入两个江洲中间的深潭，流向下游，流向石桥。在靠近主泄水口的地方，石坝顶上还开了几个方形的小豁口，一步宽，小腿深，是江水漫溢的通道，一道道白色的瀑布，越过石坝，跌落进坝下的石潭，日日夜夜，水声喧哗。

石坝上下，是我们童年和少年时代的乐园。石坝下的两个碧草青青的江洲，生长着一些灌木和乔木，常有人把几头牛放在上面，任其悠闲地啃嚼。夏秋间，几乎每天都能看到村里的孩子和少年，三五成群，赤裸着，泡在水里，只露出一个湿漉漉的头，在江洲边的小石洞、小泥洞里掏螃蟹。或者用盆子斛干小石氹的水，捉鱼虾。石坝上游，水面平阔，更是一村大人孩子洗澡、游泳的天堂。那时我们很顽皮，常常爬到石坝主泄水口光滑的孔洞里，任松木间喷射的水流冲击我们光裸的身体，获得某种莫名的快感，嘻嘻哈哈。有一次，我猛然抬头，看到那块宽厚的大青石板的中央，竟然雕刻了一个大圆圈，里面有两条盘曲的大鲤鱼，一条刻着鱼鳞，一条没有。我很好奇，怎么会有这样一个奇怪的图案？成年后，我才慢慢明白，这是一个阴阳太极图，是镇水的图腾。

江坝也是村里女人洗衣洗被的地方。一年四季，晴好的日子，总能看到主妇和姑娘们，或者蹲在坝面上，或者卷着裤腿站在那几个漫水通道里，正俯身低头，用木槌敲打衣物，面前放着木桶或盆子。漂洗干净的被子，她们往往拧干了就直接摊开在江岸的青草上，或者江洲的灌木上，这是上好的天然晾晒场。

这处江坝，只在靠村庄这端，开凿了一条水圳，通往村前广阔的水田，通向村北的榨油坊。在严寒的隆冬，每年有两个多月的时间，水圳满满的清流驱动着榨油坊巨大的水轱辘日夜不停地旋转，带动大瓦房里的碾槽系统，将烘干的油茶籽碾成粉末。村庄周边山山岭岭采摘下来的油茶籽，年复一年，全都在这里汇集，榨出一担担油篓满满的金黄透亮异香扑鼻的新茶油。

而就在江坝的岸边，这条水圳的起源处，是村庄的磨坊。这里是一个四合小院，院门旁边也有一架黑咕隆咚的水轱辘，村人就在这里磨麦子、碾米。我们上小学三年级，就要到江流上游的邻村羊乌小学，每天上学往返，只要不是涨水溢坝，就经常抄近路从坝面上走过。天晴的日子，磨坊小院里的坪地上，晒满了一架一架的挂面，密集如帘，细长及地。我们也常进去观看，耸着鼻子，吸那满院散发的面香。看做面的人慢条斯理，双手取了三两杆晒干的挂面，提举着，铺放在木板上，抽出竹竿，拿了大板刀，咔嚓咔嚓，一截一截切断，捆扎。这些面条，是我们一年中并不能经常吃到的佳肴。

磨坊与榨油坊之间的这段水圳，有两个泄洪口。春夏间涨洪水的日子，两个泄洪口的大石板挖开，洪水泄入江流。那几天，长长的水圳干涸，只有一些浅浅的余水。村里的大人孩子，拿着桶子盆子，双手挖泥，将水圳截成一节一节，舀干水，捉鱼虾，挖泥鳅黄鳝，收获颇丰。待江水渐渐清澈，两个泄洪口会被看水人重新堵上，水圳又是满满的清流荡漾。就常有妇孺，拿了小捞网，沿着水圳，捞岸边水草里的小鱼虾。

村庄的三道江坝至今仍在。只是村庄的模样已变得令人心惊。四条水圳已有两条完全荒废，江水浅得如风干的腊肠，江岸边的深树没有了，水圳边的灌木没有了，磨坊没有了，榨油坊没有了，昔日大片良田变成了任其荒芜的废弃地。剩下的两条水圳，前些年改成了节水型的水泥“U”槽管，干涸的日子，就像两根发白刺眼的蛇骨，死在即将死去的大地上。

197

凉亭

路上行人歇脚处

如果把村庄看作一个节点，那么，这个节点定然会向四周伸展一条条细丝般蜿蜒的路径。无数的节点和细丝，交错成一张巨大的网，覆盖在广袤的湘南山区。这些土质和石质的细丝上，每隔二里三里，就会有一座由石柱支撑的凉亭，供往来的行人歇脚休憩，避风挡雨。倘若我们有一双天眼，从高空俯瞰大地，这么多黑瓦的石亭，如甲似盖，众若繁星，必定会惊叹连连！

我的家乡八公分村，横亘在西山脚下。以西山为中心，以三里为半径，绕着村庄旋转半圆，在通往村外的石板小径上，曾经有过五座凉亭。

西山隔山之麓，是一个名叫西冲的刘姓村庄，是我母亲的外公家。从我们村庄去西冲，需沿着村北的石板小径，穿过山下的一片旱地。山脊线也随之走低，到山嘴的地方，是一段数丈高的石崖，崖下就是绕过我们村庄流淌而来的清江。这里筑有一江坝，叫西冲坝，水流宽阔，江水清澈，从崖上看下去，令人心惊。崖上建有一座凉亭，叫西冲凉亭。石径穿亭而过，拐过山嘴，蜿蜒在陡峭的乱石丛中，地势越来越低，直到与山脚下的江岸汇合，也就到了古柏森森的西冲村。儿时我跟随母亲走亲戚，在这段崎岖石径上，总要小心地牵着母亲的手，生怕滚落崖下的江里。

在西冲凉亭与我们村庄之间的小路边，有一户庄户人家，村人叫资友庄上，据说以前人丁还算旺。我有记忆时，只剩一堆断壁残垣，一个废弃的青砖窑，一座凉亭。这凉亭叫资友凉亭，那时还算完好。春天，这里的映山红特别多，一丛丛，如血似火，鲜艳明丽。我们常跑到这里玩耍，大把大把折映山红的小花枝。这花俗称豺狗花，那血红的花瓣可摘了吃。

西山向南而去，地势抬升。我们村庄的大多数红薯地和菜园，层层叠叠，都在这边的山脚。这里名叫丰产庙，大约很早以前是有过一处寺庙的。不过，我已不曾看到。倒是在光滑的青石板路旁，有也一座凉亭。凉亭离江岸不远，江对面是羊乌村。丰产庙凉亭，差不多是我们村庄的最南边界。过了凉亭，再一路过村上山，就进入了桂阳县境。我母亲的满姨，我叫满姨外婆，就住在十里路外的桂阳县一个小村。那村旁有一棵参天古槐，村前有一口大月塘，全是石条砌筑。满姨外婆家就在古槐旁的月塘尖角。她没有儿子，两老晚景凄凉。我年幼时，母亲一年里总会带着我去看望他们几回。有时，也把他们接到我家来住上些日子。因此，这一路走过的凉亭，我自然十分熟悉。

过了我们村南的石桥，向东，就是一江之隔的油市塘村。这是一个杂姓聚居的小村，村中央是一条石板街，两旁是各样的店铺。这里古树林立，环境优雅，处在永兴、桂阳、郴县（现为郴州市苏仙区）三县交界的要冲。从这条街的两端，辐射出五条石板路，是周边村庄往来商旅的必经之地。往东南，过了莲花形，就逐渐进入郴县林区。那时村庄建房、做家具、给老人做寿材，所需的杉木，全都靠人力扛着、挑着，从很远的深山林区买回来。莲花形是一座山名，估计是依照山的形状而得，就如同附近一座山叫虎形一样。这里有一座凉亭，叫莲花形凉亭，它是我童年活动范围的又一边界。

穿过油市塘石板街往东，两座高山夹峙，北面的这座叫对门岭，南面的叫东茅岭。一条石板小径匍匐在两山之间，从山脚逐渐抬升。一条草木荆棘丛生的溪涧与之相伴，清流潺湲。从我们村庄看去，这两座高山正像两堵高墙，挡在村庄的对面。相传，有道行很高的地仙骑马从此路过，看到我们的村庄，赶紧下了马。再看看这两座山，复又上马而去。断言这里出不了大角色，便是有，也会被高山阻断。

这条小石径上升到潘家坳，两面山势复又开阔起来，像张开的大喇叭，连绵的远山历历在目。往前，便是左右两条分岔的长长的下坡路。几里路外，就是永红煤矿和黄泥圩，就是南来北往的京广公路和铁路。每天，火车和煤矿锅炉的悠长鸣叫，会越过重峦叠嶂，隐约传入村人的耳中。

潘家坳只有一座凉亭，不见了潘家。附近三县的村人，要挑炭，要赶圩，要坐汽车火车，必须从此走路而去。凉亭两边的山岭，是我童年少年时代捡柴的地方，一个个山顶山窝，都熟悉得很。每次捡柴，无论上山还是下山，走到这里，我们都要坐在凉亭的石条上歇歇。盛夏赶圩的日子，我们村的三两个妇人，挑几大木桶浓茶，摆放在凉亭

边卖茶水。赶圩的人，去也好，来也好，走到这里，都是上坡，疲惫不堪，常会停下脚，花几分钱，买一大碗茶，咕嘟咕嘟喝下，吁一口长气。

这些凉亭，差不多都是一个模样。四棱的石墩，粗大的木梁，人字坡瓦面，黑色的小青瓦。如同一本翻开的大书，覆盖在穿越而过的石径之上。石墩之间，有连接的石条，供行人坐歇。有的还建有一人多高的石墙，可挡寒风。

于今思量，这些凉亭的败落，是与公路的修建一同开始的。通村公路日渐完善，拖拉机、卡车、自行车、摩托车、客车、小轿车，先后都进了大村小村。人们出行速度加快，凉亭不再是停脚歇息的地方。没有了需求，远离了日常生活，雨打风吹，坍塌也就不可避免。早几年回故乡，这五座凉亭，已经倒了三座，石墩石条被人搬走。剩下的莲花形凉亭和潘家坳凉亭，也是残破不堪，无人理识，倒塌不过迟早的事情。那些细丝般的石板小径，或者已被公路掩埋，或者已没入不再有人走过的荒草之中。

时间，就是如此冷漠而无情。那些在山岭间，在大地上，在村庄旁，挺立延续了千百年的石砌凉亭，已经并将继续坍塌，最终还原成一片废墟，一处遗址，一抔尘土，无法阻挡，不可避免。

202

石板路

青砖黑瓦石板巷

那时盛夏之夜的天空是多么蓝啊！蓝得像一尘不染的透明玻璃，深不可测。

坐在青石板巷子里，我们常仰着小脑袋，看那黑瓦的屋檐上面高远晶亮的繁星，一闪一闪，充满了好奇。那首谜语童谣，这个时候总会情不自禁从众多稚嫩的童声里蹦出来："青石板，钉麻钉。钉得清，数不清。"清凉夜风中，如吟如唱，反反复复。

其实，数不清的何止是满天的星星。这些与我们日夜相伴，犹如蓝空般干净光亮的青石板，谁又能数得了，数得清?

故乡坐西朝东，建筑在山脚下几级台地之上。每一幢青砖黑瓦的老屋四周，都镶嵌了或宽或仄的青石板，形成纵横交错的青石板巷子。这些巷子，有主巷，有支巷。主巷宽，成列，共五条，由村前直通山脚，在每级台地交接处砌有台阶。一条水圳并一条石板路从南结伴而来，穿过村前，与一条条主巷交汇。水圳的内侧是墙脚，外侧是路边。水流平缓，水面清澈，倒映着天空、屋墙屋垛、石板路上的行人、鸡、鸭、狗、牛，倒映着石板路外沿池塘岸上高大的柏树、苦楝、杨树和乌桕。主巷两侧各伸展数条支巷，是前后两排房屋之间的通道。两条主巷之间，通常是两幢比邻的大厅屋。由此，形成规整的村庄主体。村庄的南北两侧，是杂房、碓屋、牛栏、猪栏、茅厕、晒坪。村北规模宏大的黄氏宗祠，是故乡最重要的公共活动场所，也是旧时读私塾的地方。我上小学时，这里开办了一年级和二年级，同一个班，同一个老师。再远一点，穿过田野，在绕村而过的江流上游江坝边，是一座磨坊，下游江坝附近是榨油坊。照现代村镇规划学的观点来看，这样的布局紧凑，功能分区合理，充分利用了自然地形和水利条件。

青石板巷子有着良好的排水系统。沿着前一排房屋的后墙，是石砌雨水小明沟，两三个拳头的宽度。早晨的洗脸水，夜晚的洗澡水，村人顺手泼入沟中。沟里常年潮湿，泥土乌黑。夏秋间我们自制鱼竿到江边钓鱼，事先拿了二齿小锄，到这些明沟里挖蚯蚓。蚯蚓特多，尤其是那种乌黑发亮灵活爱跳的我们叫跳杆子的，更是最好的鱼饵。

下大雨的日子，雨水哗哗，将石板巷子洗得干干净净。有时，我站在大门口，凝神看那一股股的雨水砸下来，像一根根白亮的绳索，连接瓦檐和石板，不停地在石板上砸开一朵朵酒盅状的水花，觉得十分有趣。石板上雨水漫漶，偶尔有戴着旧斗篷的老者，趿着厚重的木屐，踟蹰而过，咄咄咄咄，声音清亮。小明沟集聚满满的雨水，带着无数的雨点和圈纹，速速流向主巷一侧的大明沟。这些大明沟，都与村前的水圳相连。这样，整个村庄的雨水，都汇入了水圳，排向村外，最终流入江中。

我是在学到了水滴石穿这个成语以后，才去留意观察石板巷子里那一串整齐的小石窝。它们铺排在瓦檐之下，与檐槽对应，疏密有致，深浅不一，像酒盅，像笑窝，大雨停歇之后，还汪着一窝清水。我很惊讶，这雨水竟然有如此大的力量，在不为人察觉之间，就在坚硬的青石板上打磨出了一眼眼光滑的深坑来。

晴朗的日子，石板巷青得发亮。人畜家禽，来来往往，脚步杂沓，充满了乡村生活气息。在盛夏，这里更是成了孩子们的乐园。

夏日的早晨，石板巷子里南风吹拂，十分凉爽，太阳要半上午才照得到青石板。这段时间，不少男孩女孩，或坐或躺，或蹲或跪，或追或跑，或跳或踢，在石板上玩着种种游戏：拿石子画棋盘，下围棋，下皇帝棋；拍死一只苍蝇，喂蚂蚁，待它们成群结队抬着拖着就要进洞，猛然吐一团大口水，就成了汪洋大海，看它们狼狈挣扎，乐不可支；踢铜钱鸡毛毽子，比谁踢得高，踢得久，踢得花样百出；踢田螺壳串，把每块石板当作一间屋，玩跳屋；折一把小叶蕨的紫红的圆杆，比筷子略短，玩打叉……

正午太阳如火，青石板晒得晃眼，光着脚板走在上面，就像踩着烙铁，烫得脚板心痛。这个时候，石板巷子里少了人迹。大人孩子全都窝在家里，吃过午饭后，或躺在竹睡椅上，或躺在床上，流着涎水酣睡，屋门大开。远远近近的蝉鸣传来，村庄异常安静。石板巷里偶尔碎步跑过一只土狗，吊着长舌头，神色匆匆。或者突然冒出一两只探头探脑的母鸡、公鸡，这里瞧瞧，那里睃睃，哗的一声，射一泡稀屎，走了。

傍晚，青石板巷又恢复了喧闹。家家户户的大门口摆上了木脚盆，主妇们烧了温水，伺候光屁股的孩子们洗澡。挑夜水的，喂夜猪的，赶水鸭的，吆喝着找鸡的，扯着嗓子喊人的，声音嘈杂。石板上泼了水降温，很快就干爽了，长凳、矮凳一股脑搬了出来。熏蚊子的烟尘也陆续从各家门窗里涌出来，飘散在巷子里，呛得人流泪咳嗽，成群的蚊子顿时被轰得无影无踪。大人孩子，吃晚饭自然不愿意待在闷热的屋子里，石板巷成了各家的饭堂，星空底下，碗筷声叮叮当当。

洗刷收拾停当，劳累了一天的人们，坐在青石板巷子里歇凉，有一搭没一搭地摇着大蒲扇。家长里短，天文地理，讲古说鬼，漫无边际，活灵活现。孩子们则追逐笑闹，做游戏，唱童谣，捉迷藏。这样热闹的场景，要持续到月亮升得老高才渐渐沉寂下来。

冬天雪后结冰的早晨，青石板巷子则成了另一幅景象。巷子里铺着厚厚的白雪，像新弹的棉花被。瓦檐上悬挂着长长的雪杆，晶莹剔透，比镰刀把还粗。村庄变得无比安静又明亮，如同进入了童话世界。我们总是迫不及待起床，在巷子里踩雪，呼朋引类，留下无数凌乱的脚印。即便双手冻僵，也要举着长竹竿，敲下几根雪杆，拿在手中玩耍，笑逐颜开。

这样的雪天，村前的青石板路上，总会有早起之人挑着谷箩，撒上谷壳。白色的雪地上，有如描画了一条金黄的带子，近处通往老柏树下热气蒸腾的水井，远处通往村南村北的石桥，通向村外……挑水的人，走路的人，踩着嚯嚯作响的粗糙谷壳，稳步前行，心里总会不由地充满感念。

水圳

将清冽的江水引入田野

在故乡与村前的江流之间，曾有两条碧水盈盈的水圳，一条紧挨着村前老屋的墙脚而过，另一条在田野中间，它们自南向北流淌，分明一个大大的“川”字。

我最早对水圳的记忆，当然是从村边的这条石砌水圳开始的，因为我童年居住的那幢老宅子，大门口就紧挨着水圳。一年四季，水圳里总是缓缓流淌着透亮的清水，时常有小鱼在游动，有泥鳅突然冒出尖尖的头来，在水面吐一个气泡，尾巴一旋，又径直往水底钻去了。

这条水圳边，就是光滑的青石板路，也曾是村中妇女和姑娘洗衣物的好地方。一日之中，沿着长长的水圳，常有妇人们翘着大屁股蹲在石板路边，一面叽叽呱呱地谈笑着，一面漫不经心地抓出盆里的衣物，按进水圳里浸湿，提到青石板上摊开，撒上一点茶枯粉，用力搓搓，用刷子刷刷，用洗衣杵一下下敲打，白沫飞溅。搓洗过的衣物，在水圳里再一番漂洗，拧干了，就近晾在圳边老墙旁的一根根竹篙子上。

在水圳边洗手、洗脚、洗猪草，也是再寻常不过的事情。不过，我小时候觉得有趣的，还是贴着肚皮趴在石板路上，朝水圳里看水面下的天空，恍惚间，清水不见了，屋檐不见了，眼前仿佛一个透亮的万丈深渊，蓝蓝的深渊底下有白云在无声无息缓缓移动。每每这时，我常吓得生怕掉进这无底深渊，赶紧爬了起来，心有余悸。

从我所居的老宅子门口，沿着石板路往南走两三百步，就到了村前的朝门口，这是一处开阔地，水圳的一侧是大池塘，塘岸边长着高大的柳树、柏树和苦楝树。这里也是村人平日里谈天说地最为集中的地方，人气兴旺，村里的隆书在这里卖打糖，明生在这里卖油豆腐，德喜在这里理发，他最拿手的有这几种发型：中老年男子剃光头，小青年“剪西装”，男孩子要么剪“狗屎刮”，要么理成“鼎罐盖”。也常有外来的行商，来这里卖鱼苗，或者补锅子，或者打爆米花，或者卖时鲜的果子。到了夜晚，听秋盛爷讲古，听盲人老曾打渔鼓，听申明大肚子唱山歌，或者听老江湖孝文讲活见鬼的故事，成了村人不二的选择。尤其在月色皎洁的夏夜，凉风吹拂，柳条婆娑，水圳里银光荡漾，村人几乎倾巢出动，搬来木凳竹椅，或坐或卧，在水圳边纳凉消暑，悠闲度夜。

村前的这条水圳，似乎永远都是那么舒缓而平和，一如那时村人的生活。而穿过稻田中央的另一条水圳，明显生动了许多，用绿玉带来形容，一点都不为过。这水圳从上游的江坝分流而来，两岸是碧绿的稻田，沿岸生长着木芙蓉和杨柳丛，间或还有梧桐树伸出阔大的叶子。水圳里，长满了丝草，一根根密密匝匝在水底飘摇，仿佛油光碧绿的锦缎。鱼虾在绿水里游动，一目了然。曾有一段时日，我常跟随母亲，拿一张小渔网，在这条水圳里捞一些小鱼小虾子。盛夏傍晚，这水圳的最宽阔处，常有村人来此洗冷水澡。

我上中学的时候，家里在村子南端建了大半栋新瓦房，依然是临村前的水圳而居。这段水圳比村中央我家老宅子那段要浅许多，砂石底，水因此更清亮而活泼了，潺潺地流淌着诗意，夜里潺潺地流进我的梦乡，早晨又潺潺地把我从梦中唤醒。

这诗意的水圳也曾带给我美好的口福。有一年夏天，一个星期六中午，我从学校回家，刚放下书包来到水圳边洗手，突然，水圳里一阵巨大的水响，我一看，一条大鲤鱼正从上游朝我游来，我大喜过望，连鞋子都来不及脱下，就跳进水圳，手忙脚乱硬是把这条大鱼抱上了岸，父母的脸上也乐得笑开了花。

后来，我一天天远离了故乡，村前的这两条水圳也慢慢变了模样。

许多年过去，我带着在县城上学的儿子回故乡给父母扫墓，特地领着他到拆迁后的旧村里走了走，村边的这条石砌水圳已经堆满了泥土和垃圾，看来已废弃多年了。我们穿过满目荒芜的田野，来到了田野中央的水圳，水圳已被改造成“U”形的水泥槽，活像枯死发白的鱼骨，干涸着，没有了丝毫的生气。

看来，那两条曾经充满了灵动与活力的水圳，只能流淌在记忆的光阴里了。

211

老井

柏树掩映的一口甘泉

沿着村前大月塘的弧形石板路走到中央，往东顺势下七步青石台阶，就到了老井。老井究竟建于什么年代，如今连村里最年长的老者也说不清楚了。

老井一共有三口井眼，自西向东一字排开，依次称作头井、二井和三井，相互之间由长满青苔的光滑小石槽相连，泉水汩汩地顺序流过，最后流入井外的水沟和池塘。老井占地长宽各数丈，全由青石板铺成，三口井眼包裹中央，宛如三只黑亮的眼睛。平日里，村人担水、洗菜和洗衣，各就其井，绝不逾越。人多时，甚至可以坐在老井南北两旁的青石条上歇息片刻，抽一袋土烟，或谈几句闲天。

老井的景致也很优美，当月塘弧岸上垂柳和苦楝树开花的时候，老井里常常飘着落花。而老井西南角的那棵高大的老柏树，浓密的枝叶更是几乎要把整个老井抱入怀里，即便晴空烈日，村人也能享受它荫庇的清凉。多少年来，老柏树与老井相依相伴，俨然是老井的守护神。老井的南北东三面也是紧挨着池塘，当村人担水走过的时候，常会惊吓浮动的鱼群，引发一阵阵惊窜入水的响声。再远处，便是广阔的稻田和绵延的群山，时有成群的麻雀黑压压飞过老井，落入附近的稻田；或者孤独的老鹰，在老井上空高高盘旋着，突然俯冲下来，叼起一只鸡，旋即腾空而起，扑进了远山。

老井年复一年，日复一日，始终如一汩汩地流淌着，即便大旱的年成，也时时刻刻满满地盛装着甘泉。老井是如此的慷慨，哪怕你是一个异乡的行客，渴了，你可以跪在水井的石沿上，径直用嘴咕咕地喝个痛快；累了，你可以在老柏树下的石阶上歇口气；临走时，你甚至可以用竹筒装一筒井水，或者到老井旁的田埂上摘一片蒲扇大的芋头叶，包上一大包井水，继续你的行程。

老井的水十分清澈，站在头井边，可以看到里面有大大小小的鲫鱼在无声无息地游动，四面井壁，密密麻麻长着绒毛状的碧绿丝草。当太阳光透过老柏树的枝叶照进水井，一根根光柱直透井底，甚至能清晰地看见沉在井底的硬币，以及井底南壁方形泉眼处游鱼在轻快地进进出出。

当井壁的丝草长了，或者掉进了铜壶、瓦罐，或者有人不小心掉进去被拉了上来，村里为头的人一声呼号，便会有男人们自发带着木桶等用具前来洗井。大家齐心协力把井水舀干，有赤膊的青年人下到一丈多深的井底，将泉眼堵住，上上下下把老井四壁和井底清理干净。当泉眼再次恢复涌动，用不了多久，一汪清泉又溢满了老井，汩汩流淌。

我曾好奇地询问父亲，这老井的泉水究竟来自哪里。父亲告诉我，这泉水源头离村子有几里路远，来自村前江流上游一处江中沙洲的大涌泉。许多次，我从井边朝南眺望它的源头，绵延的池塘、水田、沟坎和江道下面，究竟何处在暗暗流动着这涓涓清泉？为了这口生命之泉，当时的人们该是花了怎样的努力，即便现在看来，也是一项浩大的工程。

数百年来，老井就这样日夜流淌着，养育了一代又一代村人。村中有孩子降生，村人会打来一壶新鲜的井水，煮开后给孩子擦洗，迎接新生命的到来。村里有孩子病痛多或者哭夜，村人便会起个大早，趁着天尚未亮，在老井旁的老柏树干上贴一张写有孩子名字和祝词的菱形红纸，在树下摆上供品，点一对蜡烛、三炷香，烧七片纸钱，一番作揖祷告，算是把孩子寄名老井爷爷和老柏树爷爷的名下，保佑孩子易养易成。听着母亲的嘱咐，我也曾带着家眷从城里来到老井旁，虔诚地做着同样的仪式，先后把女儿黄佳和儿子黄奎都寄名到老柏树和老井的名下，别取寄名柏嘉和井奎。

老井日夜流淌着，也送走了一代又一代的村人。当村人寿终正寝，孝子披麻戴孝，打着铜锣，提一把铜壶，跪在老井边，抛几枚硬币，打上一壶井水，头也不回地走到家，给至亲最后一次擦洗。我就这样用老井的水擦洗着，送走了我的父母。

老井与村人的一生紧紧相连，以至于老井也成了村人心中的圣地。逢年过节，总能看到有村人陆续来到老井旁老柏树下作揖祈福，燃纸焚香，祈求平安。我真切地期望，这些熟悉的场景能一代一代传承下去，就如同这日夜流淌不息的老井的清泉。

瓦管

在地底深处输送泉流

瓦管，顾名思义，就是用陶泥烧制的圆管。其口径、长度、壁厚不一，有大有小，管壁粗糙，紫黑。在故乡一带，它有一个别致的名称——河洞，也叫瓦河洞。

年少时，我多次看过村人制作屋瓦。在盛夏，山脚的一处砖瓦场，放眼都是黄土，被挖掘得如同梯田。那些成年男子，或赤膊，或穿一件单衣，都在烈日下努力干着自己的活：挖土、挑水、驱牛踩泥、打砖、做瓦……

做瓦有个专门的简易土台，为避烈日，旁边挖三两个洞坑，砍来整棵的松树植上遮阴。只是阳光如火，这些树很快枯死。相比打砖，做瓦的手艺更复杂，用到的工具也多。土台旁立着一个木桩，上面顶着圆木盘，木盘中央凸起圆滑的黄泥团，大小与木瓦桶的内空相吻合。木瓦桶上有个机关，能控制桶壁开合。做瓦的时候，瓦桶放在木盘上。瓦匠用一把弯弓，从长方体的泥坯上刮下一块厚薄均匀的油润瓦泥，双手托了，围住瓦桶外壁，刚好合上。之后，他从土台上，从泥水盆里，拿了木抹子、泥刮子等一应工具，交替使用，一面旋转着瓦桶，一面抹着瓦泥，修补，整形，压实，抛光，直到光滑油亮。制作好瓦坯，瓦匠提下木瓦桶，走到附近的晒场，松开瓦桶的机关，桶壁收缩内卷，提起来，地上就是一个新的黄泥瓦管。一个个泥瓦管密集挨着，圆口朝天，在土场晾晒。

泥瓦管晒干了，沿着分隔线轻轻一折，就成了大小规整的泥瓦。收拾起来，码成墙，上面覆盖遮雨的稻草，任其干透。以后随时可以装入砖窑，烧成瓦片。

在距离我们村庄六七里的地方，有个村子叫窑上，自古以来以制作陶器为业。各类瓦罐、瓦坛、瓦瓮、瓦壶、瓦钵、瓦盆、瓦管乃至屋瓦，可以说，旧时乡村日常生活所需的粗陶瓦器，无所不有。窑上村虽然离我们村庄不远，我上中学时还经常从那村旁路过，但我却不曾进村去看过陶器的制作过程。如今，这个村子早在多年前就不再制作陶器，那粗犷的长窑已然毁坏，断壁残垣，成了村旁山坡上的一处

遗址，淹没在茂盛的草木之中。一项传统的工艺已然消亡，想看也看不到了。

不过少年时代，我对窑上村烧制的勾瓦和瓦河洞，还是印象深刻的。他们烧制的屋瓦，有别于我们村里烧制的泥红小瓦，要长三四倍，紫黑色，叫勾瓦。我家瓦房补漏，父亲和姐姐就会挑着箩筐到窑上村去买这种勾瓦。

那时村人购买瓦河洞，也是寻常的事情。比如新筑一口池塘，在塘岸底下进出水的地方，埋放几节瓦河洞，用于放水和堵水；又或者修一段土路，在路基下埋几节瓦河洞，用于排水。如今看来，瓦河洞其实就是水泥涵管和塑料涵管的前身，已被后两者取而代之。昔日的瓦河洞是如何制作烧结的，我已无从知晓，想来当与做瓦大同小异。

在故乡，最近一件与瓦河洞相关的大事，当数老井枯死的那一次。多年前，武广高速铁路修建，从我们村庄经过。施工队在田野间密集开挖桥墩基坑的时候，不知在何处，恰巧挖断了深埋地底下的引泉管线，致使这口常年流淌不息的老井，先是井水变浊，继而彻底断流干涸。

这老井的泉水，据说是先人们从村庄上游几里远的一处江洲大涌泉引来的，地底下埋的全部是瓦河洞。只是岁月久远，已无人知晓那看不见的管线，在江流、稻田、池塘、沟坎之下，究竟是如何曲折走向的。

老井干枯的日子，村庄仿佛丢失了魂魄，没有了灵气。原先终日喧闹的老井边，已经不见了人影，那条通往老井的青石板路，也蒙上了一层尘土，不再油光发亮。三口井眼一字排开，井底除了淤积的干泥，滴水全无。没有了流泉的老井，也就没有了丝毫生气，即便那棵老柏树依然在烈日下伸张着苍绿的枝叶。我偶尔回到故乡，看到如此景象，甚至担心，这棵老柏树有朝一日也会被砍伐，或者干枯而死。

有一段时间，村里打井的生意十分火爆，很多人家，都在自己门前或院子打压水井或者抽水深井。没有打井的人家，只得舍近求远，到别的地方，甚至到附近的村庄去挑水。尽管各家饮水无虞，但村里人还是感到了不适。很多人在村前闲站闲聊的时候，总会说到老井，回忆一番，叹息一阵，各自散去。

直到很久以后，村里人下了一番苦功，终于找到了那条深埋地下的泉水线，修复接通了瓦河洞，老井再次汩汩流淌，在老柏树的掩映下，又恢复了往日的生机与灵动。

219

朝门

一个村庄的志向

这是一个奇怪又庄严的地方。

村前的石板路和与之相伴而行的水圳，依傍着屋墙，走到这个地方，突然向外拐了一道平缓的大圆弧。之后，才又继续拉直，顺着一大溜屋墙边往前走。这圆弧所在的位置，留下一块宽大的缺口，宛如青砖黑瓦的村庄磕掉了两颗黄板门牙，朝向东南方向视野最为深远的田畴和天际起伏如笔架的山峦。

这地方叫作朝门口。那时让我小脑袋不解的是，这里并没有门，也没有房屋，只是一块空空荡荡的平地。不过这平地倒是有点特别：村前的石板路从这里分了岔，撇过平地，再拐一个直弯，进入了村里的巷子；这一段圆弧形的水圳上面也盖了青石板，将村前石板路与平地连为一个整体。这穿平而过的石板路两侧，长了几棵大柏树和大苦楝树。更让人琢磨不透的是，这段石板路每隔不远便有一道青石门槛，仄而长，比拳头略高，两端是脸盆大的圆石墩。这些石墩和门槛，如此密集和光滑，是我此生所仅见。整个童年和少年时代，我都没有搞明白，这地方为何是这般模样。

每天从早到晚，这里都聚集一些得了空闲的人，老人、青壮年、孩子。孩子自然是追逐玩耍。成年男子则拢着手站立的多，他们有说不完的话题，比如哪个地方雷公劈死了一个不孝的媳妇，哪里的大柳树已经成了精怪，哪个村庄风水好出了个大官，哪个人昨晚走夜路看到鬼火了……吃饭的时候，这些人三三两两地散去。也有住在附近的，端了一碗饭来，边吃边搭上一两腔。若是夏秋晴朗的日子，这树底下的石墩石条上，肯定都坐了大人和孩子。

朝门口还立有几个大小不一的青石方墩，常被人移来移去，村人叫碶子（方言读音），最重的说是有三百斤，是用来练臂力的。碶子两个宽面上端，对称凿有一方小斜孔，里面紧嵌着一拳宽的小木棒。提碶子时，双手抓握木棒，两臂和前胸贴着石面，蹲着马步，身子略微后仰，猛然爆发用力，将碶子提离地面，甚至走上几步。年轻气盛的男子，聚在这里，总会经不住激将而提碶子，比试力气谁大谁小。

特殊的日子，这里气氛凝重，充满了仪式感，立马显现出它的庄严来。

迎娶新媳妇，一列喜庆的队伍，抬着嫁妆，挑着箱箩，远远地尚在村外，朝门口就已经聚集了接客的和看新娘子的人。队伍到了朝门口，接客者热情迎接，鞭炮开道，引导着迈过一道道门槛，进入村巷。看新娘子的人，也蜂拥着相随，个个笑逐颜开。进了朝门，等于宣告这个来自外村的新人，从此是这个村庄的正式一员。

有女儿出嫁，送亲的队伍也是从朝门口出村，送上通往外村的石板路。我清楚地记得，村中每有大姑娘出嫁，都是一路哭着离开家门，众多的妇女和姐妹在巷子里相随相劝，个个泪眼婆娑，难舍难分。我那时看着她们，很是不解。

村里有老人去世，出殡之日，必须在选定的时辰，由“八大金刚”肩抬灵柩，在礼生的导引下，从丧家的厅屋起灵，抬往朝门口停柩。一路上，村巷里鞭炮声、喇叭声、钹鼓声、硝铳声、哭喊声，不绝于耳，其情悲痛。吃过早丧饭，全村老幼，不约而同在朝门口聚集，看着送葬的队伍，从这里启程，缓缓地走出村外，走向远山。很多非亲非故的妇人，也禁不住涕泪长流，扯着衣角拭抹。

不过，在童年，我感觉最有趣的是正月里，外村来了耍神狮子的人，进朝门口唱段。在我们这里，耍狮子分为两种：单狮子和神狮子。打单狮子三五人即可，以表演刀棍拳术为主。耍神狮子，规模大，不但有刀棍拳术，还要唱段子，表演十月怀胎等传统节目，村人更重视，更爱看。神狮子进朝门口是吉祥之兆，仪式非常隆重，村人云集。事先，村里主事的人会放一通鞭炮，热情迎接他们，但不会轻易让他们跨过那一道道浅浅的石门槛。狮子每跨一道门槛，领头的唱段人须扯着大嗓子不停地唱段。段子都是些吉祥的诗句，四句七言为一段，男女老幼耳熟能详。每唱一句，喇叭、钹鼓、铜锣齐奏，热闹非凡。我至今仍然记得这样的段子：

一进门来二进厅，
鲁班师傅造得真。
左边造个左丞相，
右边造个宰相堂。
……

我是在成年之后，才听母亲说起，这朝门以前十分精美，雕龙画凤，周边的村庄少有。“破四旧”的时候，说这朝门是封建迷信，被当时的大队干部带领一帮人全砸毁了，只剩下这些残存的朝门石。

十多年前，村里提议重修朝门。此时，原先的那些柏树和苦楝早已砍掉了。新朝门落成的那天，全村在宗祠举行盛大酒会。我们这些长年在外工作的游子，都应邀回到村里。作为一个特别的仪式，每个回到故乡的游子，都会被笑容可掬的乡亲燃放长鞭炮迎进新朝门。在众人亲切的目光里，在热烈的鞭炮声中，我带着家眷，郑重其事跨过朝门口那一道道熟悉的青石槛，走过龙凤呈祥的新朝门，进入村庄。

那一刻，我的眼中有泪光泛起。

223

糍粑臼

八月十五捣糍粑

在故乡，青石臼的功用有二：一个是捣糍粑，再是捣米、捣高粱等谷物的粉末。其形制亦略有不同。前者是明臼，摆放在地面上，能移动，臼窝浅圆，俗称糍粑臼，有的地方叫手碓。后者是暗臼，臼窝深仄，埋在地表下，捣时靠脚力，叫脚碓，并建有专门的一间房子，叫碓屋。

分田到户的时候，每户人家都会用一小块水田种植糯米稻。糯米圆润饱满，透着微黄。一年里，使用糯米的日子，主要是端午节包粽子、煮糯米饭，中秋节捣糍粑，还有就是蒸糯米酒。平素，村人是舍不得用糯米的，多是放在楼上瓦瓮里，长年地保存着。

中秋节捣糍粑，是自古流传下来的习俗。捣糍粑，自然就离不开糍粑臼。这青石臼是一个笨重的大家伙，少说也有百把斤，由一块大青石打凿而成，外观成四方锥体，中央是半球形的大臼窝。小时候我就琢磨，这么个光滑的圆窝是如何凿成的？糍粑臼并非每家都有，年头到年尾，主要就在中秋节用那么一次，往往是每个房族共用一个或两个。与糍粑臼配套的，是糍粑槌，是用一根粗大的硬木做成，两端大，是槌头，中间小，是握杆。这形状，就像碗口粗的长菜瓜拦腰切成两段，之间插了一根长棍。糍粑槌的长度比成人身高略矮，结实，沉重。往常村人说某人矮小，会吐出不屑的一句："还没糍粑槌高！"

中秋节前一天，在厅屋一角蒙尘一整年的糍粑臼和糍粑槌，会被人重新搬出来清洗一番，又光光亮亮了。捣糍粑时，糍粑臼移到厅屋中央，也有的放在屋外的石阶上。旁边摆放一张八仙桌，蒙上干净的薄膜，扎好。糍粑槌靠墙竖立在木桶里。捣糍粑是一件力气和技巧活，需要众人协作，互帮互助。男人捣糍粑，女人出糍粑、拍糍粑。

一木甑糯米蒸好了，轮着的人家就会端了来。这时，围着石臼和八仙桌，厅屋里定然是站满了大人和孩子，笑语喧哗。这家的男人若是身强力壮，自会率先脱了外衣，双手端了木甑，把糯米扣进臼窝里。随即取了糍粑槌，就拉开了架势。先是擂，左手紧握槌干，右掌罩住上端的槌头，将下端的槌头伸进臼窝，抵住糯米饭，斜侧着身子，一步一用力，擂压，揉挤。人缓缓围绕石臼转圈，前端的槌头始终与臼窝内壁相抵磨。几圈擂下来，糯米饭擂烂了，已渐粘连，人也气喘吁吁。旁边观看的壮汉们，会笑哈哈自告奋勇走出一个来，接过糍粑槌，双手紧握着，半蹲着马步，就猛地捣起来。

“噗！”糍粑槌高高举起，越过头顶，用力捣下，发出沉闷的撞击声，步子也随之挪动一下。在一举一落之间，捣糍粑的声音，渐渐清亮起来。糯米也越捣越烂，越捣越黏稠，全然没有了米粒的形状，就像一团雪白的棉絮，紧紧包裹着槌头。糍粑与槌头展开了漫长的拉锯战，时而被提起，撕裂，甩下，牵牵连连。捣糍粑的人，腰部和双手，也越来越费力，气喘如牛，汗气直冒。几圈捣下来，就吃不消了，得重新换人。

有时，新换上力气大的人，猛力捣时，甚至一下子能将臼窝里的一整团糍粑提起来，狠狠捣下去，槌头撞击臼窝底，发出啪的脆响，引得围观的人发出兴奋的惊叹。

捣好的糍粑，滚烫，黏稠，得赶紧由女人把它一次性整团起出来，叫出糍粑。我的母亲是出糍粑的好手，好多年，我都是看她一整天帮人家出糍粑、拍糍粑。

出糍粑是一个技巧活，手要耐得烫，很多女人都不会。母亲总是在众人的夸奖声里，笑眯眯迎难而上。她先是尖着手指，从桌上油碗里沾一点新茶油，将手掌手背搓一搓。走到石臼边，她俯着身子，双手掐住有人提着的槌头，迅速撸下粘连的糍粑。糍粑槌拿走后，她把油碗端放在臼沿上，双手不时抹上茶油，沿着石窝壁，快速插一圈，剥离黏附的糍粑，一边轻轻拍打。这样，臼窝里的糍粑，就成了一个大圆球。末了，再一次将手掌手背抹了油，双手从两侧抄进臼窝底，几个旋转，一鼓作气，把一大团圆球状的糍粑起出来，甩在了桌面中央。此时，她的一双手掌，已经烫得绯红发亮。

接下来，女人们围着桌子，用涂满茶油的双手，从桌中央的一大团糍粑上，揪下均匀的小团，揉圆，像一个个白亮的小皮球。拍扁，就成了菜碗口大的圆糍粑，油光白亮。若是在圆糍粑中央放一小调羹碎红糖，对折包上，就成了糖糍粑，一如皎洁的半月。

中秋节捣糍粑，糍粑臼不会空着，一户接一户地捣，你方唱罢我登场。在八月十四和中秋节这两天，白日晚上，村里通宵达旦都能听得到捣糍粑的声音。中秋之夜，家家团圆，吃着糍粑，望着中天的满月，想必每个人的心里，都充满了幸福。

过了中秋节，被糍粑和茶油浸润得油光发亮的石臼，又重新移到厅屋一角。糍粑槌清洗干净后，也收藏了起来。

偶尔，有的人家娶亲嫁女，或者新媳妇生了孩子，会捣糍粑作为贺礼。糍粑拍好后，摆上几簸箕。女人们取来事先调制好的一小碗红染和几根竹筷。这些竹筷的上端劈开成四爿，塞进小棍子。女人们倒捏着筷子头，浸一下红染，在圆圆的糍粑中央和四周均匀点上五朵红染。每一朵都像鲜红的梅花，喜庆又吉祥。

脚碓

佳节来临捣粉忙

村里有多少个房族，就有多少间碓屋。

碓屋夹杂在村旁的杂屋和猪栏之间，是一个房族的公屋，多数是青砖的瓦房，就独立的一间，前面一门，前后各一窗，空空荡荡。心眼小的房族，碓屋的门日常是上了锁的，族人要捣米粉、高粱粉了，去管钥匙的人家取了钥匙开门。外房族的人家，一般不会去使用。也有的碓屋，就比如说我家附近的那两间，上下相邻，似乎从来就没锁过门，只是扣上门扣。我的母亲要捣粉，哪间空着就去哪间。

有时两间都是空闲的，她还要挑选一下，看哪间更干净，捣起来更省力。

空荡的碓屋里，也并非一物皆无。进门的窗下，就突兀着两根腰粗的青石方柱，并列着，有成人胸部高，上端因长年累月撑手，油润发亮。挨着石柱，是一个石砌方坑，石柱就立在坑前两侧。石坑正前方的地面下，埋着一个圆口的青石臼，臼口与地面平齐，周边铺着一圈方形的石板。这石臼与捣糍粑的那种略有不同，臼窝不是半球形，而是上宽下仄的深圆锥，锥底平整，仅容得下一个手掌抓握。连接石臼、石柱和石坑的，是一架又长又笨重的方木，夹在石柱之间，由一根横轴拦腰贯穿，卡在两侧石柱的竖槽里，状若去腿的长颈大屁股螳螂。这套传统的捣粉装置，叫碓。这螳螂厚实的大屁股呈宽板状，比石坑略小，是碓尾；嘴部竖向紧连一段碗口粗的硬木短棒，下箍钢齿，有如口器，深插臼窝之中，是碓头。因捣米粉时，是用脚力，这碓又名脚碓。

小时候，我和玩伴偶尔跑到碓屋，捣空碓来玩。几个人各站石坑两旁，手扶着面前的石柱，伸出一只脚用力一踩，横轴转动，碓头高高昂起，离开了地面。脚一松开，碓头重重落下，砸得碓窝发出哒的一声清脆巨响。大人听到了，远远隔着几栋屋就会大声斥骂，吓得我们赶紧跑了。

在村里，碓屋基本上是女人的工作场所。这一点与捣糍粑显然不同。捣糍粑靠的是臂力，猛力。碓屋捣粉则用的是腿力，需不急不躁，慢工细活。且每次捣粉的时候，还要带上好几样用具：扫地的大高粱扫帚，扫米粉的小高粱扫帚，擦拭碓窝的帕子，此外还有大团箕、小团箕、粉筛。

一个女人捣粉，实在是一件很费时费力的活。浸泡好的一筲箕米，通常要分好几轮来捣，碓窝一次不能装太满，否则稍一用力，米粒米粉就会溅出来，到处都是。当米粒捣成了粉末，便用一块砖头竖立在方木下，撑起碓头离开碓窝，这样就可以不紧不慢掏出碓窝里的米粉来过筛。筛粉的是一个轻巧的圆形器具，一掌宽的竹片边，底部是一张细密的钢丝网，叫粉筛。蹲在碓边，双手端着粉筛轻摇细晃，雪白的米粉纷纷落入大团箕，一层层加厚。筛里剩余的大颗粒，倒入小团箕。筛完一遍后，再将集聚的大颗粒重新倒入碓窝，拿开撑砖，继续扶着石柱，咕叽咕叽踩踏碓尾捣起来。捣上一段时间，又过一遍粉筛。这样一遍遍，一轮轮，一筲箕米最终变成一大团箕粉，往往需要大半个上午。

若是有人帮忙，捣粉自然要快许多。有的日子，我母亲会带上姐姐一同去碓屋，我自然也要跟去。我和姐姐踩踏捣粉，母亲就蹲在碓窝边，脸朝着我们，身子略向外斜，在碓头砸下的间隙，伸出右手飞速插入碓窝中，把沿着窝壁挤压上来的米粒米粉扒进去。她神情安详，泰然自若。我却常暗暗担心，生怕碓头碰伤她的头，砸了她的手。母亲从碓窝里掏粉的时候，我们姐弟用尽全力，将碓尾踩到石坑底，一动不动。碓头斜斜上仰着，母亲快速从碓窝里掏粉、筛粉。

捣好粉，回到家，母亲生火，上锅，烧水，和粉，揉粉，拍成一个个小手掌大的圆米粑。大水锅里放入高粱秆做的箅子，光洁，金黄，密密麻麻放上米粑，盖上木盖，大火蒸熟。刚出锅的米粑，热气蒸腾，芳香扑鼻，洁白，柔软，是村人都爱吃的美食。

一年里，母亲总会做上几次米粑，有时还会变着花样：做成半月形，包了肉馅，是肉米粑，可煮，可蒸，都好吃得很；做成算盘子大，中间用手指捏一下，是肚脐眼米粑，用来煮着吃，若是与蚌壳肉或泥鳅同煮，大补。在盛夏，收割了高粱，捣高粱粉，做高粱粑。高粱粑紫红发黑，刚出锅时特别黏软，凉后变硬。

碓屋最繁忙的时节，是临近过年那段日子。家家户户都要捣米粉做年货：兰花根、套环、花片、油糍粑……碓屋里人出人进，终日响着捣米声。

231

石磨

推一锅豆腐好过年

磨总是与美味的食品联系在一起。

正月的米豆腐，二月的碱水米粑，夏秋之间的烫皮、炒米粉、麦芽糖，临近过年的油豆腐、霉豆腐、豆腐渣……于今想来，样样都令人怀念。

并非每户人家都有磨。不过，隆书、隆记、明生三家是万万少不了的。他们传承了祖辈做豆腐的手艺，村人做豆腐，必定是在他们三家之中挑选。隆书的豆腐坊在村前水圳边，隆记在朝门口，明生则住在村子中央，三人平素也少往来。倒是在年前做豆腐的时节，他们暗地里为争取点儿生意，多挣几个加工费，相互间嘲笑奚落对方做的豆腐不咋地。这小小伎俩，照村里的方言，叫作卖人家的烂碗。尽管各人只是对来做豆腐的村夫村妇说道几句，村庄就那么大，你传我，我传你，三家豆腐坊的缺陷，也就如同刚出箱的豆腐那样明白：隆书爱掉鼻涕，拿大瓜勺舀豆腐脑装箱时，难以保证里面会没有；隆记的石膏水放得有点儿重；明生腿脚不方便，手倒是快得很，趁你眨眼的工夫，保不准舀一碗豆腐脑藏起来。其实，我家在他们三家都做过豆腐，方方正正，白白嫩嫩，分量十足，都是好得很。炸成油豆腐，蓬松，金黄，鼓着大泡泡。煮着吃，喷香又软和。不像现在菜市上买的豆腐，干瘪硬湿，掺假得厉害，味同嚼蜡。

明生与我家是亲戚，按辈分，我叫他哥。他老婆与我母亲原是一个村子的，也沾亲，叫我母亲姑姑，又是我母亲做的媒，于是两家就更亲近了。我家没有磨，遇上要磨米浆，做豆腐，我母亲多是先去跟他们两口子说一声，借他们家的磨用用。

他家的磨摆放在大厅屋里，靠着墙。两个米筛大的磨盘叠着，像两个巨大厚实的月饼，稳稳当当搁置在粗笨的四腿木架上，架子下面是一个接浆水的木桶。这磨是用麻石凿成的，泛白。上磨盘边缘凿一方孔，安装了一根“L”形的木把，已被无数的手掌磨得异常光滑。盘面有一个小圆洞，用来添米、添豆子。下磨盘的四周，凿有一道道浅竖槽。两个磨盘的接合面，是细密的放射状的槽齿，正中央是凹凸相配的磨心。

石磨使用最频繁的日子，自然是年前村人做豆腐的这段时间。黄豆都是自家种的，做一锅豆腐，还是两锅三锅，由各家自定。一两百户人家的大村，就这三家豆腐作坊，因此还得排队轮流着来。每年这个时节，明生所住的大厅屋就显得格外拥挤：墙角的大砖灶火焰熊熊，烟尘弥漫，噼啪作响；熬豆浆的大铁锅里热气腾腾；一长溜豆腐箱子，盖着木盖，压着砖块，豆腐在成型、滴水；地上到处是大桶小桶，装着水或者豆腐渣；竹竿上挂满了垫豆腐箱的四方形白布，已然泛黑；烧火的，推磨的，挑水的，看热闹的，说笑的，人气旺得很。

母亲磨豆子的时候，我也会跟着来看，来玩耍。黄豆破碎后，去掉了豆衣，装在大脸盆里，已经浸泡得胀大发软。母亲先是舀几勺清水，把石磨和接豆浆的木桶洗干净。然后就站在磨架边，左手拿一个白瓷调羹，往脸盆里一舀，连豆子带水，倒入磨盘上面的小圆孔里。她右手握着木把，逆时针方向推着上磨盘转动。母亲推磨的时候，神态从容，双手配合默契，上半身随着磨盘的转动不停地前后摇晃。石磨磨着豆子，嚯嚯作响，不多时，两个磨盘之间的缝隙里，就有白色的浓稠豆浆流出来，顺着下磨盘周边的竖槽，滑溜，滴落进下面的木桶。一脸盆豆子，要耐心地磨上很长时间。

等到豆腐做好，出了箱，母亲用团箕装了端回家。这些白嫩嫩的豆腐，大多用新茶油炸成金黄松软的油豆腐；少数，再用刀划细，放在簸箕里晾着，任其长霉，做成霉豆腐。以后要吃霉豆腐时，沾上辣椒灰，红红火火，喷喷香香，看着就有了食欲。新鲜的豆腐渣，可直接煮成糊当菜吃，放上葱花或者切碎的青菜叶，一清二白。余下的则拍成一个个拳头大的圆球，装入竹篮，挂在灶火上方的木梁上，自然熏干发酵，以后可切片氽汤吃，味道也好得很。

正月里，村人有做米豆腐的习惯。米浆磨成后，加黄栀子水和石灰水，大锅子熬煮成糊状。冷却凝固后，用菜刀横横竖竖划开，土砖块一样，金黄剔透，能存放很长时间。煮食时，按人数的多寡，拿出一两大块，细刀切成拇指大的方墩，就是米豆腐。捞入碗中，添一勺滚烫红辣的肉汤或鱼汤，是待客的美味点心。

到了二月，天气渐渐变得暖和起来，天空中的鸟也多了。那时周边的村庄，都有做碱水米粑喂鸟的风俗。家家户户磨米浆，做碱水米粑，不但人吃，还要专门用小树枝穿上米粑，插在村庄周边的旱土里，让鸟儿吃。我读初中时，在上学的途中，还曾看到过这样的景象。

夏秋季节，太阳如火，正是村人做烫皮晒烫皮的好时候。新收割的稻米或高粱，夜里浸泡后，母亲通常起个大早，借别人家的石磨，磨一大桶浆水。吃过早饭后，我们姐弟在村前空地上，搭一个稻草晒棚。母亲诸事准备停当，生了柴火，架上菜锅。菜锅发烫冒烟，母亲拿起筅竹往灶台的茶油碗里一沾，在锅底飞快刷一圈，油星飞溅，哔哔啪啪。放下筅竹，母亲舀一小勺浆水浇进去。双手随即端起菜锅耳朵，一个旋晃，浆水就摊成了一块又圆又薄的烫皮，满屋芳香。迎着灼烫，母亲双手尖着指头，揭下烫皮，甩在米筛里。最先几块烫皮，母亲会卷起来，趁热给我们吃。接下来的都要端到棚子上，摊开晾晒。到傍晚收干烫皮时，谷箩筐要挑一两担。以后的日子，自家吃茶，或者来了村邻人客，拿出几块干烫皮，柴火上煨烤得起了密密麻麻的小米泡，金黄，酥脆。吃起来，嚯嚯有声，喷香。

一大碗米，炒至焦黄，在磨上推成干粉，村人当菜吃。可直接汆入热水，在菜锅里搅拌成糊。也可加入别的菜蔬，比如西红柿、丝瓜。至于蒸米粉肉、米粉鹅，则更是无上妙品了。

隆书的麦芽糖，我们叫打糖，也是盛夏一绝，曾馋得我们掉了好多口水。在村里，就他一人磨麦芽，熬打糖。他那间小作坊在村前水圳边，石板路就在门口，路边长满高树。夏日里这里好乘凉，他那小铁锤和小铁片，敲得打糖叮叮当当，吸引着全村的孩子和大人聚集。

如今，他们三人已经作古，他们的旧宅子，都在修高铁时拆掉了，昔日那些石磨自然也了无踪迹。

图书在版编目（CIP）数据

老家什 / 黄孝纪著 . — 南宁：广西人民出版社，2023.1
（中国乡存丛书）
ISBN 978-7-219-11450-6

Ⅰ. ①老… Ⅱ. ①黄… Ⅲ. ①散文集—中国—当代 Ⅳ. ①I267

中国版本图书馆 CIP 数据核字（2022）第 180286 号

LAO JIASHI
老家什
黄孝纪著

出 版 人 韦鸿学
策　　划 白竹林
执行策划 吴小龙
责任编辑 李亚伟
责任校对 梁小琪
装帧设计 刘　凛

出版发行 广西人民出版社
社　　址 广西南宁市桂春路 6 号
邮　　编 530021
印　　刷 广西民族印刷包装集团有限公司
开　　本 889 mm × 1230 mm　1 / 32
印　　张 8
字　　数 178 千字
版　　次 2023 年 1 月　第 1 版
印　　次 2023 年 1 月　第 1 次印刷
书　　号 ISBN 978-7-219-11450-6
定　　价 47.00 元